奋斗 新的伟业

《焦点访谈》栏目组 编著

人民日报出版社
北京

图书在版编目（CIP）数据

奋斗：新的伟业 /《焦点访谈》栏目组编著 . —
北京：人民日报出版社，2023.3
ISBN 978-7-5115-7757-3

Ⅰ.①奋… Ⅱ.①焦… Ⅲ.①新闻报道—作品集—中
国—当代 Ⅳ.①I253

中国国家版本馆 CIP 数据核字（2023）第 062096 号

书　　名：奋斗：新的伟业
　　　　　FENDOU: XIN DE WEIYE
作　　者：《焦点访谈》栏目组

出 版 人：刘华新
责任编辑：曹　腾　高　亮
版式设计：九章文化

出版发行：人民日报出版社
社　　址：北京金台西路 2 号
邮政编码：100733
发行热线：（010）65369509　65369527　65369846　65369512
邮购热线：（010）65369530　65363527
编辑热线：（010）65369523
网　　址：www.peopledailypress.com
经　　销：新华书店
印　　刷：大厂回族自治县彩虹印刷有限公司
法律顾问：北京科宇律师事务所　（010）83622312

开　　本：710mm×1000mm　1/16
字　　数：99 千字
印　　张：10
版次印次：2023 年 4 月第 1 版　2023 年 4 月第 1 次印刷

书　　号：ISBN 978-7-5115-7757-3
定　　价：49.00 元

序　言

在中国，《焦点访谈》是一个为人熟知的栏目。

2024年，这个栏目就要到"而立"之年。作为看着它出生和成长的观众，听说他们要和人民日报出版社合作，把解读党的二十大精神的14期系列节目"奋斗·新的伟业"结集出版，将视听作品变成文字书籍再次传播，自然非常高兴。毕竟，这是一个创新啊！

不承想，他们选择我这个老观众为这本有意义的新书作序。尽管觉得我做这事不很合适，有点勉为其难，但最终还是答应了。说服自己的理由，主要还是上面那句话——这是一个创新。支持创新，是个人特别愿意做的。

你看，电视节目是线性传播，看一遍、听一遍就过去了，人们不一定记得住、记得清。尽管现在的技术也可以让人反复观看，但作为一个老文字工作者，像"奋斗·新的伟业"这样需要认真研读、学习的内容，我总觉得还是用阅读书籍的方式更便利，更习惯。电视语言是一种特殊的语言，简明扼要、通俗易懂，又有跳跃式表达的灵动性，把这样的语言转化为图书语言，便于随时翻阅、检索、标注和思考。当然，图书也有局限性。电视画面是"动"的，图书文字是"静"的，要让图书达到电视的感染力是不容易的。本书通过将节目视频制作成二维码的方式，融"电视"于书中，用手机扫码即可再现电视节目的生动画面。我很期待这样整合了电视语言和图书语言各自优点的图书。

"奋斗·新的伟业"这14期节目，我是看了的，还注意到这个系列节目有一个突出的优点：在解读党的二十大精神时，致力于讲清楚"是什么、干什么、怎么干"三个最基本，也是最重要的问题。这14期节目围绕"奋斗·新的伟业"主题，每一期都是从问题出发，有针对性、有重点地解读二十大精神。这些问题都是二十大报告中的重要论断，是人们学习报告时必须弄懂的问题。例如，什么是中国式现代化、怎样实现中国式现代化？如何把握高质量发展这一首要任务？中国经济社会发展的"第一动力"是什么？如何谋划科技创新？怎么统筹发展与安全两件大事，等等。这对于当下全国深入学习贯彻落实二十大精神，大有好处，大有帮助。

一篇好的文章也好，一期好的电视节目也好，不仅要提出问题，而且要能回答好问题。"奋斗·新的伟业"这14期节目，好就好在"权威性"。节目邀请的嘉宾、访谈的对象，显然是经过精心挑选的。全部74位嘉宾和访谈对象，或是中央和国家机关有关部门的负责同志，或是党的二十大代表和基层的干部群众。他们每个人都能够讲自己最熟悉的事情，讲自己最深切的体会。39位接受访谈的中央和国家机关等有关部门负责同志，都是实践经验丰富、理论修养深厚的专家，这是能够准确而又权威地解读二十大精神的重要基础。这个节目之所以能够在播出后产生强烈的反响，获得观众一致的好评，就是因为大家能够从这些准确而又权威的解读、访谈中深化对二十大精神的领悟。相信这本由电视节目转化而来的新书出版后，能够帮助全国各地各行各业的同志全面学习贯彻落实二十大精神，从而更加自觉地团结在以习近平同志为核心的党中央周围，更加自觉地坚持以习近平新时代中国特色社会主义思想为行动指南，为实现中华民族伟大复兴而团结奋斗。

中共中央党校原副校长　李君如

2023年2月9日

于北京昆玉河畔得心斋

Contents **目 录**

奋斗·新的伟业

第一篇　非凡成就　伟大变革 003

第二篇　理论创新　行动指南 010

第三篇　使命在肩　勇毅前行 018

第四篇　中国道路　复兴蓝图 026

第五篇　着力推动高质量发展 034

第六篇　科教兴国　人才强国 041

第七篇　发展全过程人民民主 049

第八篇　全面依法治国　建设法治中国 056

第九篇　文化自信　凝心聚力 063

第十篇　增进民生福祉　提高生活品质 070

第十一篇　推动绿色发展　建设美丽中国 077

第十二篇　以新安全格局保障新发展格局 084

第十三篇　全面从严治党永远在路上 091

第十四篇　新征程上党旗飘扬 098

新征程上

构建新引擎 激发新活力……………………………………………109

乡村振兴 全面推进…………………………………………………117

科教兴国还需人才支撑………………………………………………125

从"有"到"优" 品质生活…………………………………………133

绿色：高质量发展的底色……………………………………………141

奋斗·新的伟业

第一篇　非凡成就　伟大变革

在党的二十大开幕会上，习近平总书记代表第十九届中央委员会向大会作了题为《高举中国特色社会主义伟大旗帜　为全面建设社会主义现代化国家而团结奋斗》的报告。中国共产党将在新征程上举什么旗、走什么路、以什么样的精神状态、朝着什么样的目标继续前进，举国关注、举世瞩目。那么，该如何全面、准确地理解二十大报告精神？《焦点访谈》播出系列节目"奋斗·新的伟业"，邀请相关人士深入解读、阐释二十大报告。我们首先聚焦"过去五年的工作和新时代十年的伟大变革"进行解读。

中国共产党第二十次全国代表大会，是在全党全国各族人民迈上全面建设社会主义现代化国家新征程、向第二个百年奋斗目标进军的关键时刻召开的一次十分重要的大会。

中共中央党史和文献研究院院长　曲青山："这次大会对团结全党全国各族人民，坚定历史自信，增强历史主动，守正创新，勇毅前行，具有重要的现实意义和深远的历史意义。"

习近平总书记所作的党的二十大报告深入分析国际国内形势，全面回顾总结过去五年工作和新时代十年的伟大变革，科学擘画了未来中国的发展蓝图。

中共中央政策研究室主任　江金权："党的二十大报告深刻阐述了一系列关系党和国家事业发展的重大理论和实践问题，提出了一系列重要思想、重要观点、重大战略、重大举措，就未来五年乃至更长时期党和国家事业发展制定了大政方针、作出了全面部署。"

中共中央党史和文献研究院院长　曲青山："党的二十大报告是一篇马克思主义的光辉文献，是当代中国共产党人高举中国特色社会主义伟大旗帜的政治宣言，是党领导全国各族人民，全面建设社会主义现代化国家，全面推进中华民族伟大复兴的行动纲领。"

党的二十大报告第一部分简要总结了十九大以来五年的工作，并指出："十九大以来的五年，是极不寻常、极不平凡的五年。"

时任中央纪委国家监委宣传部部长　王建新："'极不寻常、极不平凡'，这八个字我理解，首先强调的是五年来我们走过的艰辛历程。党的十九大以来的五年，正处于'两个一百年'奋斗目标的历史交汇期，也遭逢了世界百年变局和世纪疫情的叠加碰撞，党和国家面临的形势之复杂、斗争之严峻、改革发展稳定任务之艰巨世所罕见，史所罕见。"

五年来，我们党团结带领人民，攻克了许多长期没有解决的难题，办成了许多事关长远的大事要事，推动党和国家事业取得举世瞩目的重大成就。

时任中央纪委国家监委宣传部部长　王建新："党的十九大以来的五年，是新时代十年的重要组成部分，是中华民族伟大复兴进程中具有重要意义的五年。五年来党和国家事业取得举世瞩目的重大成就，可以从四个方面来认识和把握：第一，党中央作出一系列事关全局的重大战略部署；第二，党和国家办成一系列事关长远的大事要事；第三，党领导人民成功应对一系列前所未有的重大风险挑战；第四，我们隆重庆祝党成立一百周年，新中国成立七十周年，制定第三个历史决议，更加坚定、更加自觉地牢记初心使命，开创美好未来。"

党的二十大报告全面总结了新时代十年的伟大变革。习近平总书记指出，十年来，我们经历了对党和人民事业具有重大现实意义和深远历史意义的三件大事：一是迎来中国共产党成立一百周年，二是中国特色社会主义进入新时代，三是完成脱贫攻坚、全面建成小康社会的历史任务，实现第一个百年奋斗目标。

中共中央政策研究室主任　江金权："新时代十年的伟大变革是全方位、根本性、格局性的，体现在改革发展稳定、内政外交国防、治党治国治军各方面。习近平总书记在党的二十大报告中从16个方面总结概括了十年来的伟大变革，我体会最具标志性意义的有六个方面：一是取得了'两个确立'的重大政治成果，新时代十年的伟大变革决定性因素就在于有习近平总书记领航掌舵，在于有习近平新时代中国特色社会主义思想科学指引；二是中国共产党在革命性锻造当中更加坚强有力，管党治党宽松软状况得到根本改变、扭转；三是胜利实现全面建成小康社会目标，举全国之力打赢脱贫攻坚战，以中国式现代化推进中华民族伟大复兴；四是维护国家安全能力显著提高，有力有效应对西方敌对势力在台湾、香港、新疆、西藏、南海等方向的挑衅滋事；五是我国国际地位显著提升；六是我国制度优势更加彰显，中国特色社会主义制度更加完善，更加定型。"

十年来，以习近平同志为核心的党中央团结带领全党全军全国各族人民撸起袖子加油干，采取一系列战略性举措，推进一系列变革性实践，实现一系列突破性进展，取得一系列标志性成果，经受住了来自政治、经济、意识形态、自然界等方面的风险挑战考验，党和国家事业取得历史性成就、发生历史性变革，推动我国迈上全面建设社会主义现代化国家新征程。

十年来，我们交出了彪炳史册的时代答卷。

国内生产总值从54万亿元增长到114万亿元，经济实力实现历史性跃升；载人航天、探月探火等取得重大成果，进入创新型国家行列；我们的祖国天更蓝、山更绿、水更清；人民群众获得感、幸福感、安全感更加充实、更有保障、更可持续……

二十大代表 赵亚夫："这十年应该说是翻天覆地的变化，农村在这十年里面，无论是农业农村的面貌，还是农业生产力的恢复提高，除了产量提高稳定以外，环境变化也很大，现在很多地方农村已经变成一个大花园。"

二十大代表　高娅琴："党的十八大以来，党中央把创新摆在核心地位进行谋篇布局，很多领域都取得了重大成果。"

这十年，我们遭遇的风险挑战风高浪急，有时甚至是惊涛骇浪。万山磅礴看主峰，这些伟大变革，是以习近平同志为核心的党中央坚强领导的结果，是党和人民一道拼出来、干出来、奋斗出来的！那么，为什么把新时代十年的实践和成就称之为伟大变革呢？

中共中央政策研究室主任　江金权："可以从四个维度来加以理解，从实践维度看，新时代十年的历程极不寻常，成就极不平凡，是在解决党内突出矛盾中实现的，是在解决经济社会发展突出矛盾中实现的，是在应对外部风险挑战中实现的；从历史维度看，新时代十年的伟大变革并不是某一领域或某些领域的变革，而是涉及从思想理论到制度文化，从发展理念和观念到发展的思路和战略，从党风政风到社风民风等各领域、各方面的系统性变革；从人民维度看，新时代十年的伟大变革创造了中华民族发展史上少有的经济社会全面发展、全体人民共同受惠的好时代；从长远影响维度看，新时代十年的伟大变革巩固和完善了中国共产党领导和社会主义制度，拨正和定准了党和国家发展的航向，开辟了事业发展的崭新局面，就其对党和国家事业的影响而言，堪比遵义会议、党的十一届三中全会实现的历史性转折。"

新时代十年的伟大变革对我们来说意味着什么呢？习近平总书记在党的二十大报告中指出，新时代十年的伟大变革，在党史、新中国史、改革开放史、社会主义发展史、中华民族发展史上具有里程碑意义。

中共中央党史和文献研究院院长　曲青山："这个意义集中体现在以下四个方面：第一，中国共产党在革命性锻造中更加坚强有力；第二，中国人民焕发出更为强烈的历史自觉和主动精神；第三，实现中华民族伟大复兴进入了不可逆转的历史进程；第四，科学社会主义在二十一世纪的中国，焕发出新的蓬勃生机。"

聆听习近平总书记的报告后，党的二十大代表们纷纷表示，十年成就鼓舞人心、宏伟蓝图催人奋进，新征程上将踔厉奋发、勇毅前行，为全面建设社会主义现代化国家、全面推进中华民族伟大复兴而团结奋斗。

二十大代表　雷健坤："我们将牢固树立和践行'两山'理论，聚焦'双碳'目标，深入推进能源革命，加快新型能源体系建设，推动发展方式绿色转型。为祖国的天更蓝、山更绿、水更清，作出应有的贡献。"

二十大代表　顾瑞利："我们将以党的二十大胜利召开为新起点，牢记总书记嘱托，在接续推进乡村振兴的道路上大力发展休闲渔业、冬季旅游等产业，多蹚出几条'黄土生金'的致富路，让我们农民更有盼头、农村更有看头，让老百姓的日子越过越红火。"

过去五年和新时代以来的十年，在党和国家发展进程中极不寻常、极不平凡。事非经过不知难，成如容易却艰辛。这10年，有涉滩之险，有爬坡之艰，有闯关之难，党和国家事业实现一系列突破性进展，取得一系列标志性成果。新征程上，全党全国各族人民要在党的旗帜下团结成"一块坚硬的钢铁"，心往一处想、劲往一处使，推动中华民族伟大复兴号巨轮乘风破浪、扬帆远航。

《焦点访谈》2022年10月18日《奋斗·新的伟业——非凡成就　伟大变革》
https://tv.cctv.com/2022/10/18/VIDEPBHMPonjyiCmatQEbNi4221018.shtml

第二篇　理论创新　行动指南

习近平总书记在党的二十大报告中指出，不断谱写马克思主义中国化时代化新篇章，是当代中国共产党人的庄严历史责任。二十大报告鲜明提出了继续推进理论创新的根本要求。我们党如何与时俱进地推进理论创新，根本途径是什么，要掌握什么样的立场观点方法，报告中都进行了一一解答。本篇聚焦"开辟马克思主义中国化时代化新境界"进行讨论。

习近平总书记在党的二十大报告第二部分，专门论述开辟马克思主义中国化时代化新境界，在全面系统总结我们党百年以来特别是党的十八大以来理论创新历史经验的基础上，深刻阐述了马克思主义基本原理同中国具体实际相结合、同中华优秀传统文化相结合的理论根据和实践要求，揭示了推进党的理论创新的根本途径，提出了一系列新思想、新观点、新要求。

中共中央政策研究室副主任　田培炎："这是党的二十大报告一个重大的理论贡献，也是一个突出的亮点，它从世界观和方法论的哲学高度，科学提炼了习近平新时代中国特色社会主义思想的立场、观点、方法，为我们把握好这一科学思想的思想精髓，进一步提高全党马克思主义水平提供了'金钥匙'，鲜明提出了继续推进党的理论创新的根本要求，为不断开辟马克思主义中国化时代化新境界提供了重要遵循，这些理论成果标志着我们党对马克思主义发展规律的认识达到了新的高度。"

一个民族要走在时代前列，就一刻不能没有理论思维，一刻不能没有正确思想指引。习近平总书记在党的二十大报告中旗帜鲜明地指出："实践告诉我们，中国共产党为什么能，中国特色社会主义为什么好，归根到底是马克思主义行，是中国化时代化的马克思主义行。"

中国人民大学校长、党委副书记　林尚立："这实际上是对马克思主义有了一个新的更深度的认识，实践证明马克思主义中国化时代化有力地推动了中国革命、建设和改革，引领中国社会开辟出了中国式的现代化，时代化中国化的马克思主义行，它支撑了一个时代的发展，从这里面我们更应该坚定马克思主义的科学性，更应该坚定中国特色社会主义道路自信、理论自信、制度自信、文化自信。"

党的十八大以来，我们党勇于进行理论探索和创新，以全新的视野深化对共产党执政规律、社会主义建设规律、人类社会发展规律的认识，取得重大理论创新成果，创立了习近平新时代中国特色社会主义思想，明确坚持和发展中国特色社会主义的基本方略，提出一系列治国理政新理念新思想新战略，实现了马克思主义中国化时代化新的飞跃。

中国人民大学校长、党委副书记　林尚立："习近平新时代中国特色社会主义思想回应了新时代发展所面临的一系列重大理论和实践问题，包括在新的时代如何坚持和发展中国特色社会主义，如何建设一个长期执政的马克思主义政党，如何实现中国式的现代化建设社会主义现代化强国，如何来构建人类命运共同体，如何来推进中华民族实现伟大复兴。这一系列的问题，习近平总书记做了系统、全面、科学的回答，提出了一系列重要的观点、理念、思想和战略，并在实践当中创造了十年的伟大变革。取得的历史性成就，实现的历史性变革，足以证明习近平新时代中国特色社会主义思想实现了马克思主义的中国化时代化的新飞跃。"

马克思主义深刻改变了中国，中国也极大丰富了马克思主义。百年以来，尤其是党的十八大以来的理论创新历史经验，深刻揭示了我们党推进理论创新的根本途径。

习近平总书记在党的二十大报告中指出，中国共产党人深刻认识到，只有把马克思主义基本原理同中国具体实际相结合、同中华优秀传统文化相结合，坚持运用辩证唯物主义和历史唯物主义，才能正确回答时代和实践提出的重大问题，才能始终保持马克思主义的蓬勃生机和旺盛活力。

中共中央党校（国家行政学院）分管日常工作的副校长　谢

春涛："马克思主义的世界观、方法论是科学的，是放之四海而皆准的，但是马克思、恩格斯不可能对几十年甚至上百年之后的中国的发展、中国面临的具体问题提供现实答案。这就需要中国共产党人以马克思主义的科学的世界观、方法论为指导，来结合中国的具体实际，分析、研究、解决中国的问题，得出自己的答案。只有这样，马克思主义才可能有生机，有活力，对实践发挥着重要的指导作用。"

中共中央政策研究室副主任 田培炎："这是我们党深刻总结党的理论创新历史经验得出的结论，也是顺应马克思主义中国化时代化作出的未来指引。'两个结合'是推进党的理论创新的根本途径，是中国化时代化马克思主义理论之树常青的奥妙所在。'两个结合'做得越好，理论创新之源就越丰富，理论创新之力就越强劲，理论创新成果就越能为人民群众所掌握。"

实践没有止境，理论创新也没有止境。习近平总书记在党的二十大报告中提出，不断谱写马克思主义中国化时代化新篇章，是当代中国共产党人的庄严历史责任。从现在起，中国共产党的中心任务就是团结带领全国各族人民全面建成社会主义现代化强国、实现第二个百年奋斗目标，以中国式现代化全面推进中华民族伟大复兴。这期间，必将面临着许多亟待回答的理论和实践课题。

习近平总书记在党的二十大报告中指出，继续推进实践基础上的理论创新，首先要把握好新时代中国特色社会主义思想的世界观和方法论，坚持好、运用好贯穿其中的立场观点方法。

必须坚持人民至上，坚持自信自立，坚持守正创新，坚持问题导向，坚持系统观念，坚持胸怀天下。

中共中央政策研究室副主任　田培炎："这'六个坚持'深刻揭示了习近平新时代中国特色社会主义思想根本的政治立场、彻底的理论品格、独有的精神气质和科学的思想方法，它们构成相互联系、内在统一的有机整体，是习近平新时代中国特色社会主义思想的精髓。这'六个坚持'也是推进党的理论创新、开辟马克思主义中国化时代化新境界的根本要求。它清晰地告诉我们理论创新的价值取向是什么，基本立足点是什么，原则方向是什么，主要着力点是什么，思想方法是什么，应有的胸怀格局是什么，只要做到了'六个坚持'，我们就能够对真理的认知更加深入，对马克思主义的原创性贡献就会更加显著，就能不断谱写马克思主义中国化时代化的崭新篇章。"

"六个坚持"中，排在首位的是坚持人民至上。习近平总书记指出，一切脱离人民的理论都是苍白无力的，一切不为人民造福的理论都是没有生命力的。我们要站稳人民立场、把握人民愿望、尊重人民创造、集中人民智慧，形成为人民所喜爱、所认同、所拥有的理论，使之成为指导人民认识世界和改造世界的强大思想武器。

中共中央党校（国家行政学院）分管日常工作的副校长　谢春涛："人民至上，可以说是党的十八大以来习近平总书记最为强调的理念，习近平总书记所有的理论创新和实践活动的出发点、落脚点都是为了人民，我们广大人民群众之所以获得感、幸福感、安全感大大提升，就是因为中国共产党人很好践行了习近平总书记提出的人民至上的理念。那么显然，我们在今后的各方面工作中，都要毫不动摇地、深入地贯彻落实。"

党的二十大报告还对坚持自信自立、坚持守正创新、坚持问题导向、坚持系统观念、坚持胸怀天下分别进行了阐述。

中国人民大学校长、党委副书记　林尚立："必须坚持自立自信，就是要做到必须把我们的发展基点放在自己的力量上面，寻求自立自强；必须坚持守正创新，也就是我们不忘本来，但要面向未来，不断开拓进取；必须坚持问题导向，我们的一切理论和实践必须能够解决实际的问题，必须能够在不断解决问题当中去提升理论的力量，去丰富实践的可能；必须坚持系统观念，也就说我们必须从历史与现实、局部与全局、现在与未来考虑问题，把握问题，使得所有问题的解决，都能够形成良性联动；必须坚持胸怀天下，今天的中国已经站到世界的舞台，我们必须把中华民族伟大复兴的战略全局与世界百年未有之大变局、必须把中华民族的复兴与人类进步事业统一起来。"

拥有科学理论的政党，才拥有真理的力量；科学理论指导的事业，才拥有光明前途。与会代表纷纷表示，在新征程上，只有把握好习近平新时代中国特色社会主义思想的世界观和方法论，坚持好、运用好贯穿其中的立场观点方法，才能更好指导具体实践工作。

二十大代表　王俊红："十年的非凡成就，就是在习近平新时代中国特色社会主义思想引领下取得的，习近平新时代中国特色社会主义思想是我们实现使命和任务的行动指南，我们一定在学习贯彻中认真领会其重要性道理学理哲理，做到知其言更知其义、知其然更知其所以然，把党的创新理论贯彻落实到实际工作的全过程。"

二十大代表　张晓永："对于蕴含其中的立场、观点和方法，我印象最深刻的是必须守正创新。守正，就不能偏了航向；创新，必然要求与时俱进。我们有这样的决心，也有这样的信心。"

二十大代表　陈艳："作为一名党史工作人员，我觉得在实际工作当中我们也要做到'六个必须坚持'，要坚持以人民为中心，满足人民日益增长的精神文化需求，讲好中国共产党的故事。"

二十大代表　孙友新："作为一名基层的教育代表，我听了习近平总书记作的党的二十大报告，感到非常振奋，深受鼓舞，我将牢牢把握'六个必须坚持'的核心要义，坚持人民至上，办好人民满意的教育。"

习近平新时代中国特色社会主义思想立足中国实践、扎根中国大地，引领党和国家事业取得历史性成就、发生历史性变革，推动我国迈上全面建设社会主义现代化国家新征程。坚持和发展习近平新时代中国特色社会主义思想，就是真正坚持和发展马克思主义。在新征程上，只有把握好习近平新时代中国特色社会主义思想的世界观和方法论，坚持好运用好贯穿其中的立场观点方法，武装头脑、统一思想，凝聚力量、推动实践，才能创造出属于我们这一代人的新奇迹。

《焦点访谈》 2022年10月19日《奋斗·新的伟业——理论创新 行动指南》
https://tv.cctv.com/2022/10/19/VIDENl3JYQlNrY9vg80b5JTL221019.shtml

第三篇　使命在肩　勇毅前行

习近平总书记在党的二十大报告中，明确了中国共产党现阶段和未来一段时间的中心任务，那就是"团结带领全国各族人民全面建成社会主义现代化强国、实现第二个百年奋斗目标，以中国式现代化全面推进中华民族伟大复兴"。中国共产党为何以此作为自己的中心任务，又该如何落实？本篇聚焦"新时代新征程中国共产党的使命任务"进行解读。

在党的二十大开幕会上，习近平总书记代表第十九届中央委员会向大会作报告。报告开宗明义，点明了中国共产党成立百年以来的责任与使命。

"中国共产党已走过百年奋斗历程。我们党立志于中华民族千秋伟业，致力于人类和平与发展崇高事业，责任无比重大，使命无上光荣。"

为中国人民谋幸福、为中华民族谋复兴，为了完成这一初心使命，一百年来，中国共产党领导人民浴血奋战、百折不挠，创造了新民主主义革命的伟大成就；自力更生、发愤图强，创造了社会主义革命和建设的伟大成就；解放思想、锐意进取，创造了改革开放和社会主义现代化建设的伟大成就。

国务院研究室党组书记、主任　黄守宏："我们党在百年奋斗历程中，初心使命始终是一以贯之的，但是根据不同的发展阶段，根据社会主要矛盾的变化，在完成一个阶段的战略任务之后，对下一个阶段战略任务会做出相应的安排、相应的充实和调整。就是要从中国实际出发，来解决我们现实的、紧迫的、重大的问题。"

进入新时代，在以习近平同志为核心的党中央坚强领导下，经过全党全国各族人民的艰苦努力，自信自强、守正创新，创造了新时代中国特色社会主义的伟大成就，全面建成了小康社会，实现了"第一个百年"奋斗目标，为接下来的发展打下了坚实的基础。

中央财经委员会办公室副主任　尹艳林："新时代十年，改革开放和社会主义现代化建设深入推进，书写了经济快速发展和社会长期稳定两大奇迹新篇章，中华民族伟大复兴进入不可逆转的历史进程。"

新时代十年的伟大变革推动我国迈上全面建设社会主义现代化国家新征程。在党的二十大报告中，明确了现在和未来一段时间的中心任务。

从现在起，中国共产党的中心任务就是团结带领全国各族人民全面建成社会主义现代化强国、实现第二个百年奋斗目标，以中国式现代化全面推进中华民族伟大复兴。

中央财经委员会办公室副主任　尹艳林："现在我们到了这样一个阶段，已经全面建成小康社会，我国发展站在了更高的历史起点上，在这个时候提出来把全面建成社会主义现代化强国作为中心任务，是有它的客观依据和任务要求的。"

在党的二十大报告中，习近平总书记特别强调以中国式现代化全面推进中华民族伟大复兴。那么，为什么要以中国式现代化全面推进中华民族伟大复兴呢？

中央财经委员会办公室副主任　尹艳林："实现现代化，各个国家根据它的历史和条件，走的路、采取的措施不一样。我们建设的现代化既有国际上一般规律，又和中国的特色相结合，实践充分证明，中国式现代化道路符合中国实际，反映中国人民意愿，适应时代发展要求，必须坚定不移走下去。"

党的十九大报告提出了分两步走实现第二个百年奋斗目标，二十大报告对此作出具体安排：第一步，从二〇二〇年到二〇三五年，基本实现社会主义现代化。在经济发展、科技创新、新发展格局、国家治理体系和治理能力、国家文化软实力、人民生活水平、绿色发展、国家安全等方面都有明确的目标。

中央全面深化改革委员会办公室分管日常工作的副主任　穆虹："一是经济实力、科技实力、综合国力大幅提升，人均国内生产总值迈上新的台阶，达到中等发达国家水平；二是实现高水平科技自立自强，进入创新型国家前列；三是建成现代化经济体系，形成新发展格局，基本实现新型工业化、信息化、城镇化、农业现代化，这意味着届时以国内大循环为主体、国内国际双循环相互促进的新发展格局已经形成。"

到二〇三五年，让人民生活更加幸福美好，广泛形成绿色生产生活方式，也是重要的发展目标。

中央全面深化改革委员会办公室分管日常工作的副主任　穆虹："人民生活将更加美好、更加幸福，有更好的教育、更稳定的工作、更满意的收入、更可靠的社会保障、更高水平的医疗服务、更舒适的居住条件、更丰富的精神生活。届时我国生态文明制度体系将更加完善，蓝天白云、绿水青山成为常态。"

第二步，从二〇三五年到本世纪中叶，把我国建成富强民主文明和谐美丽的社会主义现代化强国。到那时，我国将成为综合国力和国际影响力领先的国家，中华民族将以更加昂扬的姿态屹立于世界民族之林。

中央全面深化改革委员会办公室分管日常工作的副主任　穆虹："'两步走'的战略安排，更全面地体现了中国式现代化的本质要求，更好地顺应了人民对美好生活的向往。"

新时代"两步走"的目标能否实现，很大程度上要看接下来五年的奋斗和发展。习近平总书记在党的二十大报告中强调，未来五年是全面建设社会主义现代化国家开局起步的关键时期。

国务院研究室党组书记、主任　黄守宏："现在距2035年基本实现社会主义现代化还有十三年时间，如果未来五年中，我们能够在过去十年发生历史性变革、取得历史性成就基础之上乘势而上，把各项事业进一步往前推进，那么到后面八年就会比较从容，也比较主动去实现下一步或者说今后的发展目标。"

如何把握好未来五年发展的机遇，乘势而上推进各项事业发展呢？党的二十大报告对未来五年战略任务和重大举措进行了详细谋划部署，在加快构建新发展格局、推动高质量发展、保障人民当家作主、继续推进改革开放、推动居民收入增长等方面的目标更加具体细致。

国务院研究室党组书记、主任　黄守宏："高质量发展是全面建设社会主义现代化国家的首要任务，报告中也强调发展是党执政兴国的第一要务。没有坚实的物质技术基础就不可能全面建成社会主义现代化强国。既要做大蛋糕，又要分好蛋糕，既要保障人民当前的利益，又要考虑促进长期经济的发展。未来五年主要目标任务可以说是具有全面性，涵盖了现代化建设的主要方面。"

在明确奋斗目标的同时，我们必须认识到，随着全面建设社会主义现代化国家不断推进，我国发展进入战略机遇和风险挑战并存、不确定难预料因素增多的时期。

面对各种风险挑战，习近平总书记在党的二十大报告中指出，我们必须增强忧患意识，坚持底线思维，做到居安思危、未雨绸缪，准备经受风高浪急甚至惊涛骇浪的重大考验。前进道路上，必须牢牢把握五项重大原则：坚持和加强党的全面领导，坚持中国特色社会主义道路，坚持以人民为中心的发展思想，坚持深化改革开放，坚持发扬斗争精神。

中央财经委员会办公室副主任　尹艳林："党的二十大报告强调，前进道路上必须牢牢把握五条重大原则，使党始终成为风雨来袭时全体人民最可靠的主心骨，确保我国社会主义现代化建设正确方向；不为任何风险所惧，不为任何干扰所惑，坚定不移走中国特色社会主义道路；让现代化建设成果更多更公平惠及全体人民；把我国制度优势更好转化为国家治理效能；全力战胜前进道路上各种困难和挑战，依靠顽强斗争打开事业发展新天地。"

在这五项原则中，坚持党的领导放在首位。

中央财经委员会办公室副主任　尹艳林："党的十八大以来，以习近平同志为核心的党中央，以巨大的政治勇气和强烈的责任担当，坚持和加强党的全面领导，推动党和国家事业取得历史性成就，发生历史性变革。新征程上，坚持和加强党的全面领导，必须坚决维护党中央权威和集中统一领导，把党的领导落实到党和国家事业各领域、各方面、各环节。"

习近平总书记在党的二十大报告中指出，增强全党全国各族人民的志气、骨气、底气，不信邪、不怕鬼、不怕压，知难而进、迎难而上，统筹发展和安全，全力战胜前进道路上各种困难和挑战，依靠顽强斗争打开事业发展新天地。任务已经明确，方向指引道路。参加会议的代表们纷纷表示，在新的目标和任务指引下，将坚守初心，不负使命。

二十大代表　李国璋："党的二十大报告提出这些目标既符合

实际，也考虑到人民群众的需求。对我们基层代表来说，为我们接下来怎么做，提供了很好的指引。"

二十大代表　祁从峰："作为二十大代表，回去以后，我们将带头学习领会党的二十大精神，带头贯彻落实党和国家事业发展的目标任务。"

二十大代表　宁文鑫："我们要把大会确定的宏伟蓝图落实到具体工作中去，撸起袖子加油干，一步一个脚印，把党的决策部署付诸行动。"

二十大代表　苗静静："党的二十大报告中，科技自立自强是接下来重要的发展目标，我们基层技术人员也要继续奋斗，为不断推动技术创新贡献自己的力量。"

二十大代表　王守聪："党的二十大报告在战略安排中，明确提出到2035年基本实现农业现代化，我们将认真贯彻二十大精神，大力提升种业创新和农机高端智能的水平，多种粮、种好粮。"

二十大代表　张晓静："党的二十大报告为我们接下来的奋斗提供了更新、更全面的指引，开启了健康中国建设新征程，我们也要为保障人民健康这个重大使命继续努力，让中国人民生活更美好。"

一个富强民主文明和谐美丽的社会主义现代化强国究竟要怎样建设，党的二十大报告为我们提供了更加清晰的路线图。这样的战略安排，更全面地体现了中国式现代化的本质要求，更好地顺应了人民对美好生活的向往。面对新的伟业，在奋斗的过程中，我们仍然面临巨大的风险和挑战，必须牢牢把握重大原则，付出更为艰巨、更为艰苦的努力，踔厉奋发、勇毅前行、团结奋斗，奋力谱写崭新篇章。

《焦点访谈》 2022年10月20日《奋斗·新的伟业——使命在肩　勇毅前行》
https://tv.cctv.com/2022/10/20/VIDEgFZtBxYXop6woJSG7ZKd221020.shtml

第四篇　中国道路　复兴蓝图

什么是现代化？怎样实现现代化？世界上并没有放之四海而皆准的标准答案。在党的二十大报告中，习近平总书记指出，要以中国式现代化全面推进中华民族伟大复兴，同时清晰阐述了中国式现代化是什么样的，该如何实现。本篇聚焦中国式现代化进行解读。

在党的二十大报告中，习近平总书记明确提出了未来新征程上中国共产党的中心任务。习近平总书记强调，从现在起，中国共产党的中心任务就是团结带领全国各族人民全面建成社会主义现代化强国、实现第二个百年奋斗目标，以中国式现代化全面推进中华民族伟大复兴。

时任国家发展和改革委员会党组成员、副主任　胡祖才："鲜明提出以中国式现代化全面推进中华民族伟大复兴的使命任务，这既是宣言书，也是动员令，令人振奋，催人奋进。"

中央财经委员会办公室分管日常工作的副主任　韩文秀："实

现现代化是近代以来中国人民的伟大梦想。只有成立了中国共产党，建立了新中国，实行了改革开放，特别是中国特色社会主义进入新时代，中国的现代化才有可能实现，才会呈现更加光明的前景。"

推进中国式现代化，中国完全有底气。我们仅用几十年的时间就走完了西方发达国家几百年走过的工业化历程，创造了经济快速发展和社会长期稳定的两大奇迹。新时代的非凡十年，我们攻克了许多长期没有解决的难题，办成了许多事关长远的大事要事，推动党和国家事业取得举世瞩目的重大成就。我们完成脱贫攻坚、全面建成小康社会的历史任务，实现了第一个百年奋斗目标。我国经济实力实现历史性跃升，国内生产总值突破114万亿元，稳居世界第二位，是世界经济增长的最大引擎。新时代十年的伟大变革，为我们成功推进和拓展了中国式现代化。

中央财经委员会办公室分管日常工作的副主任　韩文秀："新时代党和国家事业取得历史性成就，发生历史性变革，这充分证明中国式现代化道路是正确的、成功的，而且越走越宽广。"

在党的二十大报告中，习近平总书记指出，中国式现代化，是中国共产党领导的社会主义现代化，既有各国现代化的共同特征，更有基于自己国情的中国特色。

全国政协常委、经济委员会副主任　谢伏瞻："中国式现代化和世界其他国家现代化的共同点，第一，都是科技革命、工业革命所推动的，虽然我们起步较晚，但是我们充分抓住了第三次工业革命和科技革命的重大机遇；第二，都是把发展当作第一要务，没有发展就没有现代化。所以我们只有通过发展经济、积累财富，提高国家的综合国力，提高人民的生活水平，这应该也是共同的。"

在党的二十大报告中，习近平总书记还明确总结了中国式现代化基于中国国情与西方现代化不同的五个特色，那就是中国式现代化是人口规模巨大的现代化，是全体人民共同富裕的现代化，是物质文明和精神文明相协调的现代化，是人与自然和谐共生的现代化，是走和平发展道路的现代化。

时任国家发展和改革委员会党组成员、副主任　胡祖才："这五个特色概括得非常精辟，这确实是我们有别于西方现代化的最显著的区别。这里面讲到人口规模巨大的现代化，我们是14亿多人口，14亿多人口是什么概念？就是现在所有的西方现代化国家发达国家加起来才不到10亿人口，所以中国要实现14亿多人口的现代化，一定对世界的现代化的格局会产生非常深刻的影响。"

全国政协常委、经济委员会副主任　谢伏瞻："我们是以人民为中心，西方是以资本为中心；我们是坚持物质的富裕和精神的富有，西方是物质膨胀；我们是走和平发展道路，西方是通过殖民扩张、野蛮掠夺；我们是坚持共同富裕，西方是两极分化。这就是不同点。"

中央财经委员会办公室分管日常工作的副主任　韩文秀："中国式现代化是中国共产党人的伟大创举，是对人类文明进步的重大贡献，它丰富和发展了世界现代化的理论和实践。"

在党的二十大报告中，习近平总书记还首次提出中国式现代化九个方面的本质要求：坚持中国共产党领导，坚持中国特色社会主义，实现高质量发展，发展全过程人民民主，丰富人民精神世界，实现全体人民共同富裕，促进人与自然和谐共生，推动构建人类命运共同体，创造人类文明新形态。这九个方面涵盖经济、政治、文化、社会和生态文明等方面现代化的实践要求，为我们指明了实现中国式现代化的领导力量、实践路径和全球责任。

中央财经委员会办公室分管日常工作的副主任 韩文秀："这九条是有机统一的整体，它统一于全面建设社会主义现代化国家的全过程，其中最根本的是坚持中国共产党领导，坚持中国特色社会主义。这是我们全面建设社会主义现代化国家、实现中华民族伟大复兴的根本保证。只有坚持党的全面领导，才能够确保社会主义现代化建设的正确方向，才能够确保中国式现代化行稳致远。只有走中国特色社会主义道路，充分发挥社会主义制度的优越性，才能使中国式现代化达到光辉的彼岸。"

时任国家发展和改革委员会党组成员、副主任 胡祖才："这九条当中，实现高质量发展、发展全过程人民民主、丰富人民精神世界、实现全体人民共同富裕、促进人与自然和谐共生是中国式现代化的根本目标要求，也集中体现了'五位一体'的本质内涵和标志性成果。这五句话实际上与富强、民主、文明、和谐、美丽的社会主义现代化强国的根本目标是相对应的。推进物质文明建设，本质上就是要实现高质量发展；推进政治文明建设，本质上就是要实现全过程人民民主；推进精神文明建设，本质上就是要丰富人民的精神世界；推进社会文明建设，本质上就是要实现全体人民共同富裕；推进生态文明建设，本质上就是要求促进人与自然和谐共生。最后的两条，是讲中国式现代化跟世界的关系、对世界的影响和对世界的贡献。"

全国政协常委、经济委员会副主任　谢伏瞻："迄今为止，全世界大概有40个国家实现了现代化，它们走过的路都是西方中心主义的现代化道路。我们和西方走一条完全不同的现代化道路，这就为世界上那些追求独立、还没有实现现代化的国家，提供了一条完全不同的道路选择。"

中国式现代化既是发展道路，也是前进方向。以中国式现代化全面推进中华民族伟大复兴，既是中华民族伟大复兴的实现方式，也是中华民族发展史上令人鼓舞的奋斗目标。同党的十九大报告相比，二十大报告为我们描绘了更为清晰的2035年中国式现代化的总体目标，包括：经济实力、科技实力、综合国力大幅跃升，人均国内生产总值迈上新的大台阶，达到中等发达国家水平；实现高水平科技自立自强，进入创新型国家前列；建成现代化经济体系，形成新发展格局，基本实现新型工业化、信息化、城镇化、农业现代化；基本实现国家治理体系和治理能力现代化，全过程人民民主制度更加健全，基本建成法治国家、法治政府、法治社会；建成教育强国、科技强国、人才强国、文化强国、体育强国、健康中国，国家文化软实力显著增强；人民生活更加幸福美好，居民人均可支配收入再上新台阶，中等收入群体比重明显提高，基本公共服务实现均等化，农村基本具备现代生活条件，社会保持长期稳定，人的全面发展、全体人民共同富裕取得更为明显的实质性进展；广泛形成绿色生产生活方式，碳排放达峰后稳中有降，生态环境根本好转，美丽中国目标基本实现；国家安全体系和能力全面加强，基本实现国防和军队现代化。

时任国家发展和改革委员会党组成员、副主任　胡祖才："这个目标体现了未来我们将过上什么样的美好生活，蓝图描绘得更加清晰了。党的二十大报告讲了一系列强国，这些背后都是有含义的，因为强国不是随便讲的，它是有指标体系的。最核心的是以人民为中心，都是围绕人的全面发展、人的现代化来展开的。"

在党的二十大报告中，习近平总书记强调未来五年是全面建设社会主义现代化国家开局起步的关键时期，并部署了推进中国式现代化的重点领域和重点任务。党的二十大报告还指出："保持历史耐心，坚持稳中求进、循序渐进、持续推进。""坚持把国家和民族发展放在自己力量的基点上，坚持把中国发展进步的命运牢牢掌握在自己手中。"

中央财经委员会办公室分管日常工作的副主任　韩文秀："以中国式现代化全面推进中华民族伟大复兴，必须把国家和民族发展放在自己力量的基点上。自信、自立、自强，是中国共产党百年奋斗得出的一条基本经验。比如说，我们要加快构建以国内大循环为主体、国内国际双循环相互促进的新发展格局；要打好关键核心技术攻坚战，实现高水平科技自立自强。只有这样，无论国际风云如何变幻，我们的现代化事业才能够永远立于不败之地。"

中国式现代化新蓝图已经展开，目标和路线图已经明晰。参加党的二十大的代表们纷纷表示，中国式现代化新蓝图振奋人心，催人奋进，这必将激励全党全国各族人民心往一处想、劲往一处使，坚定信心、同心同德，埋头苦干、奋勇前进。

二十大代表　王刚："发展实体经济、做优做强制造业是高质量发展的重中之重。我们要围绕产业链布局创新链，埋头苦干、时不我待，推进新型工业化，加快建设制造强国。"

二十大代表　周文："中国式现代化是人与自然和谐共生的现代化，这一点我们感受特别深，我们要像保护眼睛一样保护自然和生态环境，不断做好绿水青山就是金山银山这篇大文章。"

二十大代表　李国胜："中国式现代化是全体人民共同富裕的现代化。我们要采取更加有效的措施惠民生、暖民心。我们要撸起袖子加油干！"

中国式现代化扎根中国大地，切合中国实际。从现在起，中国共产党的中心任务就是团结带领全国各族人民全面建成社会主义现代化强国、实现第二个百年奋斗目标，以中国式现代化全面推进中华民族伟大复兴。宏伟目标令人期待。我们要始终把国家和民族的发展放在自己力量的基点上、把中国发展进步的命运牢牢掌握在自己手中，自信自强、守正创新，踔厉奋发、勇毅前行，不断努力创造出无愧于党、无愧于人民、无愧于时代的新业绩，奋力谱写全面建设社会主义现代化国家新篇章。

《焦点访谈》 2022年10月21日《奋斗·新的伟业——中国道路　复兴蓝图》

https://tv.cctv.com/2022/10/21/VIDEqC97gfZOlzfQOZQigxcB221021.shtml

第五篇　着力推动高质量发展

习近平总书记在党的二十大报告中明确指出，"加快构建新发展格局，着力推动高质量发展"，强调"高质量发展是全面建设社会主义现代化国家的首要任务"，"要坚持以推动高质量发展为主题"。完整、准确、全面贯彻新发展理念，就要着力把握好这个"首要任务"和"主题"，推动中国经济再上新台阶。我们该怎么把握好、落实好高质量发展这个"首要任务"和"主题"呢？本篇聚焦"加快构建新发展格局，着力推动高质量发展"进行解读。

习近平总书记在党的二十大报告中指出，高质量发展是全面建设社会主义现代化国家的首要任务。发展是党执政兴国的第一要务。没有坚实的物质技术基础，就不可能全面建成社会主义现代化强国。必须完整、准确、全面贯彻新发展理念，坚持社会主义市场经济改革方向，坚持高水平对外开放，加快构建以国内大循环为主体、国内国际双循环相互促进的新发展格局。

财政部党组书记、部长　刘昆："党的二十大报告，对加快构建新发展格局，着力推动高质量发展作出了专章部署，与习近平总书记关于构建新发展格局的重要论述，既一脉相承，又与时俱进。为我们奋进新时代，走好新征程指明了前进方向，提供了根本遵循。"

党的二十大报告指出，要坚持以推动高质量发展为主题，把实施扩大内需战略同深化供给侧结构性改革有机结合起来，增强国内大循环内生动力和可靠性。

商务部党组书记、部长　王文涛："坚持实施扩大内需战略，加快建设强大国内市场，是党中央统筹'两个大局'作出的战略选择，也是构建新发展格局的重要任务。内需是我国经济增长的根本支撑，在世界进入动荡变革期大背景下，建设强大国内市场，有利于把我国庞大的市场优势内需潜力充分地释放出来，防范化解内外部风险挑战，牢牢把握发展的主动权。具体来讲，打通堵点，补齐短板，全面促进消费，建设现代流通体系。"

除了推动国内循环，党的二十大报告还提出，要提升国际循环质量和水平，加快建设现代化经济体系，着力提高全要素生产率，着力提升产业链供应链韧性和安全水平，着力推进城乡融合和区域协调发展。在这样的高质量发展轨道上，报告强调，要"推动经济实现质的有效提升和量的合理增长"。

商务部党组书记、部长　王文涛："从理论上看，发展是量变和质变的辩证统一，'量的合理增长'是'质的有效提升'的重要基础。'质的有效提升'又是'量的合理增长'的重要动力，应该说两者是相互作用相互推动，构成高质量发展的实现路径。从实践看，过去社会主要矛盾是人民日益增长的物质文化的需要同落后的社会生产之间的矛盾，简而言之，主要解决的是量的问题。进入新时代，社会的主要矛盾发生了新的变化，我们不能穿新鞋走老路，需要解决的是发展不平衡不充分的问题，换言之，重点是要解决好质的问题。"

对于推动高质量发展，党的二十大报告给出了五个关键的着力点：构建高水平社会主义市场经济体制；建设现代化产业体系；全面推进乡村振兴；促进区域协调发展；推进高水平对外开放。这五个方面，是未来高质量发展的重心，是中国式现代化的坚实基础。其中，建设现代化产业体系是高质量发展的重要支撑。报告强调，建设现代化产业体系，要坚持把发展经济的着力点放在实体经济上。

财政部党组书记、部长　刘昆："推动高质量发展，必须坚持把发展经济的着力点放在实体经济上，加快建设市场竞争力强，可持续的现代产业体系。我们将继续加大财政科技投入，加强对短板产业和产业薄弱环节的支持，着力提升产业链供应链韧性和安全水平。深化科研经费管理改革，优化科技支出结构，重点投向战略性、关键性领域，强化对集成电路、新材料、新一代信息技术等方面的支持，掌握一批关键核心技术，打通科技强到产业强经济强的通道，为建设现代产业体系提供有力的科技支撑。"

建设现代化产业体系离不开新型工业化。党的二十大报告指出，要加快建设制造强国、质量强国、航天强国、交通强国、网络强国、数字中国。一系列重要部署，让与会代表备感振奋。

二十大代表　王震："听了习近平总书记作的党的二十大报告，我深刻地感受到推动高质量发展对资源型地区来讲重中之重是推动产业转型，深入推进能源革命加快发展方式绿色转型。一手抓传统优势产业的改造提升，促进数字经济与实体经济深度融合；一手抓战略性新兴产业发展壮大。"

二十大代表　唐笑宇："制造业兴、实体经济强，则经济兴、国家强。习近平总书记在二十大报告中强调的推动高质量发展、建设现代化经济体系、发展实体经济等重要内容，让我们钢铁产业工人的信心更强了，底气更足了，干劲也更大了。"

全面建设社会主义现代化国家，最艰巨最繁重的任务仍然在农村。党的二十大报告专门提出，要全面推进乡村振兴，坚持农业农村优先发展，加快建设农业强国。

中央农办主任、农业农村部部长　唐仁健："全面推进乡村振兴，这充分体现了我们党一张蓝图绘到底，一以贯之抓落实的战略定力。加快建设农业强国，这是党中央着眼全面建设社会主义现代化国家大局作出的重大决策部署。农业强国的内涵十分丰富，我体会最关键的是努力实现供给保障强、科技装备强、经营体系强、产业韧性强。必须用高水平的农业科技，现代化物质装备，破解资源禀赋约束，不断提高土地产出率、劳动生产率和资源利用率，推进农业产业延链、补链、强链，全面提高产业体系的韧性和稳定性。"

乡村振兴战略是高质量发展的"压舱石"。党的二十大报告指出："全方位夯实粮食安全根基，全面落实粮食安全党政同责，牢牢守住十八亿亩耕地红线"，"巩固拓展脱贫攻坚成果"。

中央农办主任、农业农村部部长　唐仁健："报告着重强调全方位夯实粮食安全根基，增强脱贫地区和脱贫群众内生发展动力，一个事关粮食安全，一个事关巩固拓展脱贫攻坚成果，是全面推进乡村振兴的前提和基础，是不容有失、必须完成的底线任务。"

实施区域协调发展战略是贯彻新发展理念、建设现代化经济体系的重要组成部分，也是实现经济高质量发展的重要抓手。党的二十大报告指出，构建优势互补、高质量发展的区域经济布局和国土空间体系。

财政部党组书记、部长　刘昆："党的二十大把促进区域协调发展作为构建新发展格局，推动高质量发展的一项重要任务，财政部门将按照党的二十大部署，着力推进城乡融合和区域协调发展，提升基本公共服务均等化水平。一方面加大转移支付力度，增强区域发展平衡性；另一方面采取针对性的财税措施，助力重点区域高质量发展，支持打造创新平台和新增长极，优化区域发展格局。"

构建新发展格局，是开放的国内国际双循环，不是封闭的国内单循环。高水平对外开放是实现高质量发展的内在要求。党的十八大以来，我国开放的大门越开越大。二十大报告明确指出，要推进高水平对外开放，稳步扩大规则、规制、管理、标准等制度型开放，加快建设贸易强国，推动共建"一带一路"高质量发展，维护多元稳定的国际经济格局和经贸关系。

财政部党组书记、部长　刘昆："按照党的二十大推进高水平对外开放的要求，完善关税制度，积极支持构建高标准自贸区网络，推动共建'一带一路'高质量发展，深化资金融通，支持跨境电商海外仓等外贸新业态，新模式发展。"

商务部党组书记、部长　王文涛："习近平总书记强调，对外开放是我国的基本国策，不仅要坚持，而且要更好坚持。我国的经济已经深度地融入世界经济，必须坚持推动高水平的对外开放，以国际循环提升国内大循环的效率和水平。以高水平开放促进深层次改革，高质量发展。我们将不断地放宽市场准入，更好发挥自贸试验区，自由贸易港先行先试和引领作用，提升贸易畅通的水平，提高投资合作的质量。"

党的二十大报告中关于高质量发展的重要论述，在与会代表中引起强烈反响。大家普遍认为，这增强了中国式现代化发展的底气和信心。

二十大代表　杨东升："加快建设我国现代化的产业体系就是要完整、准确、全面贯彻新发展理念，牢牢把握科技创新这个牛鼻子，用智能化改造、数字化转型来实现我们的产业不断地优化。"

二十大代表　柏连阳："耕地是粮食生产的命根子，既要保数量，也要提质量，种子是我国粮食安全的关键，只有用自己的手攥紧中国种子，才能端稳中国饭碗。未来我们要加强生物育种研发，提高种业科技攻关能力。"

二十大代表　史根治："在推进社会主义现代化建设的新征程中，我们必须坚持高质量发展不能动摇，把高质量发展贯穿经济社会发展的各个环节。"

高质量发展关系我国社会主义现代化建设全局。中国要实现现代化，方方面面都要强起来，必须实现创新成为第一动力、协调成为内生特点、绿色成为普遍形态、开放成为必由之路、共享成为根本目的的高质量发展，并且在经济、社会、文化、生态等各领域都要体现高质量发展的要求。在今后乃至更长时期，保持战略定力，聚焦高质量发展这一主题，牢牢把握发展主动权，我们就能在新征程上，续写新的更大的发展奇迹。

《焦点访谈》 2022 年 10 月 22 日《奋斗·新的伟业——着力推动高质量发展》
https://tv.cctv.com/2022/10/22/VIDEFmbKSYugAArWm17kGPzC221022.shtml

第六篇　科教兴国　人才强国

　　党的二十大报告强调，从现在起，中国共产党的中心任务就是团结带领全国各族人民全面建成社会主义现代化强国、实现第二个百年奋斗目标，以中国式现代化全面推进中华民族伟大复兴。实现中国式现代化第一动力是什么？是创新。如何谋划科技创新？二十大报告作出系统的统筹部署。本篇聚焦"实施科教兴国战略，强化现代化建设人才支撑"进行解读。

　　在党的二十大报告中，"创新"出现多达几十次，是最热的高频词之一。习近平总书记强调，贯彻新发展理念是新时代我国发展壮大的必由之路。必须坚持创新是第一动力，坚持创新在我国现代化建设全局中的核心地位。二十大报告还提出，到2035年要实现"高水平科技自立自强，进入创新型国家前列"，建成科技强国的总体目标。

　　科学技术部党组书记、部长　王志刚："习近平总书记对科技创新是一以贯之地重视，党的十八大提出创新驱动发展战略，十九大提出创新是引领发展的第一动力，科技创新引领全面创新。二十大这次提出来要实现高水平科技自立自强，建设科技强国。这是习近平总书记对科技创新工作一以贯之、高度重视。"

中国科学院院长、党组书记　侯建国："当前，新一轮科技革命和产业变革正在加速重构全球创新版图、重塑全球经济结构。科技创新成为百年变局中的关键变量，只有抢占科技制高点，才能赢得战略主动。"

为了突出创新在我国现代化建设全局中的核心地位，党的二十大报告首次将教育、科技、人才三大战略进行统筹部署。报告指出，教育、科技、人才是全面建设社会主义现代化国家的基础性、战略性支撑。

教育部党组书记、部长　怀进鹏："把教育、科技、人才统筹谋划和一体部署，这在党的工作报告中还是首次，充分体现出总书记对历史发展规律，对当今时代特征，对未来发展关键的深刻洞察和把握，充分体现出党的创新理论和对建设中国式现代化规律性认识的深化。从历史上我们看到世界科学中心的更迭、国家经济持续繁荣以及人民生活持续向好等，都与教育、科技、人才的基础性、战略性支撑能力密切相关。"

在党的二十大报告中，习近平总书记强调，必须坚持科技是第一生产力、人才是第一资源、创新是第一动力，深入实施科教兴国战略、人才强国战略、创新驱动发展战略，开辟发展新领域新赛道，不断塑造发展新动能新优势。

中国科学院院长、党组书记　侯建国："统筹推进这三个战略，充分体现了党中央对教育、科技、人才三者内在规律和发展逻辑的深刻把握，充分反映了创新驱动本质上是人才驱动的内在要求，将有效打通从人才强、科技强到产业强、国家强的通道。"

教育部党组书记、部长　怀进鹏："创造力和创新力是世界强国的基本素质，而创造力和创新力依赖于什么？就是人才。而人才来自哪里？就是教育。所以这种相互依赖关系你会感觉到从科技支撑、人才支撑，核心是教育支撑。"

教育是国之大计、党之大计，建设教育强国是中华民族伟大复兴的基础工程。党的二十大报告指出，我们要坚持教育优先发展、科技自立自强、人才引领驱动，加快建设教育强国、科技强国、人才强国，坚持为党育人、为国育才，全面提高人才自主培养质量，着力造就拔尖创新人才，聚天下英才而用之。

教育部党组书记、部长　怀进鹏："党的十八大以来的历史成就与实践证明，全面建设社会主义现代化国家实现高质量发展，科技是关键，人才是基础，而教育是根本。另一方面，加快建设教育强国是顺应广大人民群众对更好教育期盼的重要途径。"

过去的十年，我们深入贯彻以人民为中心的发展思想，致力于办好人民满意的教育，教育普及水平实现历史性跨越，建成了世界上规模最大的教育体系。目前，我国教育普及程度总体上稳居全球中上收入国家行列，其中义务教育和学前教育的普及程度达到高收入国家平均水平，高等教育进入国际社会公认的"普及化"阶段，每年全国高等学校和职业院校输送数以千万计毕业生，继续教育为各行各业培训上亿人次，为如期全面建成小康社会提供了重要支撑，铺平了加快建设教育强国之路。

教育部党组书记、部长　怀进鹏： "过去十年的成就和发展已经为我们实现教育强国打下了重要的基础，但是这里的任务非常艰巨。体现在我们人才培养是否能实现我们高质量发展的支撑力量，是否我们在人才培养的能力在世界可比的环境下，能达到我们的目标。这就需要我们在教育的改革、在教育的能力方面，要下更大功夫。"

教育强，则科技强。围绕科技创新，党的二十大报告提出"四个加快"：加快建设科技强国，加快实施创新驱动发展战略，加快实现高水平科技自立自强，加快实施一批具有战略性、全局性、前瞻性的国家重大科技项目，增强自主创新能力。

中国科学院院长、党组书记　侯建国： "在'四个加快'要求的背后，一方面，深刻反映了党和国家事业发展对科技创新的重大急迫需求。同时，高水平科技自立自强的要求，必须形成自主、完备、高效、开放的、具有全球竞争力的开放创新生态，这样才有可能把握这轮科技革命和产业变革的战略性机遇，开辟新赛道、培育新优势。"

高水平科技自立自强，是构建新发展格局、实现高质量发展、推进中国式现代化的战略支撑。如何加快实现高水平科技自立自强，党的二十大报告作出具体部署，强调以国家战略需求为导向，积聚力量进行原创性引领性科技攻关，坚决打赢关键核心技术攻坚战。

中国科学院院长、党组书记 侯建国："关键核心技术是要不来、买不来、讨不来的，只有把关键核心技术掌握在自己手里，不断提升我国发展独立性、自主性、安全性，才能从根本上保障国家经济安全、国防安全和其他安全。"

科学技术部党组书记、部长 王志刚："坚决打赢关键核心技术攻坚战。这既表明了我们在关键核心技术攻关方面，只能赢，不能输，也不会输。我们有这样的信心，有这样的决心，同时我们也有这样的能力，能打赢。这些年实践也证明了，我们已经打赢了很多关键核心技术攻坚战。"

过去的十年，我国加快科技创新，科技自立自强迈出坚实步伐。基础研究和原始创新不断加强，一些关键核心技术实现突破，战略性新兴产业发展壮大，载人航天、探月探火、深海深地探测、超级计算机、卫星导航、量子信息、核电技术、大飞机制造、生物医药等取得重大成果。全社会研发经费支出从一万亿元增加到二万八千亿元，稳居世界第二位，研发人员总量居世界首位。研发投入强度从1.91%增长到2.44%，高于欧盟2.2%的平均水平。全球创新指数排名从第34位上升至2022年的第11位。我国迈进创新型国家行列，正在加快跻身创新型国家前列。

科学技术部党组书记、部长　王志刚： "这些成绩有力支撑了我们国家'四个面向'：面向世界科技前沿，面向经济社会主战场，面向国家重大需求和面向人民生命健康。只有以科技的突破，才能实现我们经济的高质量发展和保障国家安全。"

围绕科技自立自强、加快建设科技强国，党的二十大报告还提出完善科技创新体系，健全新型举国体制，强化国家战略科技力量，优化配置创新资源，提升国家创新体系整体效能，形成具有全球竞争力的开放创新生态。

科学技术部党组书记、部长　王志刚： "新型举国体制是围绕国家重大战略目标，以政府和市场相结合的方式，聚集国家的战略科技力量和各方面科技创新资源来联合攻关。"

党的二十大开幕当天，在距离地面400公里的中国空间站上，神舟十四号航天员乘组也实时收看了大会直播。

中国载人航天工程正是发挥新型举国体制和国家战略科技力量的优势、体现科技自立自强的典型领域。十年来，我国从航天大国向航天强国迈进，载人航天不断刷新纪录，中国空间站从规划一步步变为现实。

中国科学院院长、党组书记　侯建国： "新型举国体制的显著优势是能够发挥社会主义集中力量办大事的制度优势，能更加高效地配置创新资源、更加有力地强化协同攻关，迅速形成竞争优势、赢得战略主动。"

实现科技自立自强，离不开人才支撑。建设科技强国，必须靠教育强国和人才强国支撑。党的二十大报告提出："深入实施人才强国战略"，"坚持尊重劳动、尊重知识、尊重人才、尊重创造"，"完善人才战略布局"，"加快建设世界重要人才中心和创新高地"，"着力形成人才国际竞争的比较优势"，"把各方面优秀人才集聚到党和人民事业中来"。

科学技术部党组书记、部长　王志刚："我们国家科技人才规模不小，但是人才结构方面、人才水平方面还有不足。特别在拔尖人才方面、在科技领军人才方面、在卓越工程师方面都存在着不足，这些也是我们在人才工作方面需要着力解决的问题。"

教育部党组书记、部长　怀进鹏："全面提高人才自主培养质量，着力造就拔尖创新人才，聚天下英才而用之，这是教育、科技、人才强国建设协调推进的共同任务。我们要加快建设世界重要人才中心和创新高地，把人才培养作为教育的第一任务，把服务国家战略、推进人民生活更好的目标发展来作出我们的努力。"

构建新发展格局，实现高质量发展，离不开高水平科技自立自强，离不开国家战略人才力量的有力支撑，优先还是要办好人民满意的教育。党的二十大报告提出系统统筹教育、科技、人才三方面工作的目标和任务，关键在于落实。加快建设教育强国、科技强国、人才强国，任重道远。建成这三方面强国，我们实现中国式现代化就有了深厚的基础，就有了源源不断的动力，就有了坚实的保障。

《焦点访谈》 2022年10月28日《奋斗·新的伟业——科教兴国　人才强国》
https://tv.cctv.com/2022/10/28/VIDEi7bqyeCYqb3XdliYoA9y221028.shtml

第七篇　发展全过程人民民主

　　当前，中国正朝着全面建成社会主义现代化强国、实现第二个百年奋斗目标迈进。民主政治制度将如何进一步发展完善？习近平总书记在党的二十大报告中对于发展全过程人民民主，保障人民当家作主，从加强人民当家作主制度保障、全面发展协商民主、积极发展基层民主、巩固和发展最广泛的爱国统一战线四个方面作出部署，为进一步发展全过程人民民主指明了方向。本篇聚焦"发展全过程人民民主，保障人民当家作主"进行解读。

　　人民民主是社会主义的生命，是全面建设社会主义现代化国家的应有之义。在党的二十大报告中，习近平总书记对全过程人民民主的重大理念进行了深刻阐述："全过程人民民主是社会主义民主政治的本质属性，是最广泛、最真实、最管用的民主。"

　　中国人民大学校长、党委副书记　林尚立："最广泛，也就是我们把民主运用到党和国家事业的方方面面，我们的民主是真实的，不是走过场的，不是一次性的。我们的民主是真正产生民主效能的，是能够解决人民参与国家事务，人民维护自身利益，人民监督政府的，这样的民主的形式和民主的制度。"

党的十八大以来，习近平总书记在深刻把握我国民主政治发展规律的基础上，创造性地提出了全过程人民民主的重大理念，为我国社会主义民主政治建设提供了重要遵循，为世界政治文明发展贡献了中国智慧。

全国政协原副秘书长　舒启明："习近平总书记在党的二十大报告中，对全过程人民民主重大理念进行了深刻阐述，对发展全过程人民民主作出了战略部署，我感受最深的是我们中国特色社会主义制度自信真是满满的，充分体现了我们国家的性质，充分体现了人民当家作主这个社会主义民主政治的本质要求，本质特征。"

习近平总书记在党的二十大报告中强调："必须坚定不移走中国特色社会主义政治发展道路，坚持党的领导、人民当家作主、依法治国有机统一。"那么，应该如何理解坚持党的领导、人民当家作主、依法治国三者之间的关系呢？

中国人民大学校长、党委副书记　林尚立："习近平总书记讲过，我们打江山守江山，守的就是人民的心。守住人民的心的根本，首先要守住人民当家作主的主人翁地位，在全过程人民民主当中去体现人民的意志，保障人民的利益，激发人民的主动性和创造性。党的领导是人民当家作主的重要政治保障，坚持党的领导，体现党的宗旨，就能在制度上、在政治上保障人民当家作主。"

人民是国家的主人，民心是最大的政治。在党的二十大报告中，习近平总书记对发展全过程人民民主、保障人民当家作主作出明确部署，强调健全人民当家作主制度体系，从加强人民当家作主制度保障、全面发展协商民主、积极发展基层民主、巩固和发展最广泛的爱国统一战线四个方面提出了具体要求。

中共中央统战部分管日常工作的副部长　陈小江："党的二十大报告这四个方面的要求擘画了行动路线图，只要我们按照二十大报告的要求去做，扎扎实实推进，我们就能够为世界文明贡献中国人的智慧，中国人的方案。"

发展全过程人民民主要夯基固本，用制度体系保证人民当家作主。人民代表大会制度是全过程人民民主的重要制度载体。十年来，人民代表大会制度更加成熟、更加定型，为发展全过程人民民主提供更加可靠的制度保障。党的二十大报告指出，加强人民当家作主制度保障，要坚持和完善我国根本政治制度、基本政治制度、重要政治制度，拓展民主渠道，丰富民主形式，确保人民依法通过各种途径和形式管理国家事务，管理经济和文化事业，管理社会事务。

全国政协原副秘书长　舒启明："党的十八大以来，以习近平同志为核心的党中央坚定不移走中国特色社会主义民主政治发展道路，发展全过程人民民主，推进协商民主广泛多层制度化发展，制订了《中国共产党统一战线工作条例》《中国共产党政治协商工作条例》等具体的制度，这样就推动民主由价值理念转换成在中国大地上的制度形态、治理机制和人民的生活方式。"

在这样的制度体系下，问计于民、问策于民已经成为一种常态。党的二十大报告起草过程本身就是一次"吸纳民意、汇集民智"的生动实践和示范。

中共中央统战部分管日常工作的副部长　陈小江："党和政府在决策的时候，能够广泛听取各方面的意见和建议。比如，党的二十大报告为什么是一个催人奋进的好报告，一个很重要的方面就是体现了全党、全军、全国人民的智慧，它凝聚了全国人民的智慧。"

中国人民大学校长、党委副书记　林尚立："党中央的问计于民、问策于民的举动，在全社会产生了广泛而深远的影响，一方面广大群众参与到党和国家的重大政策决定中来，同时各地方各部门在制定重要政策的时候也更主动地、更积极地、更广泛地吸纳民意，去凝聚民众的意见和建议。"

协商民主是实践全过程人民民主的重要形式。党的二十大报告提出，全面发展协商民主，要"完善协商民主体系"，"健全各种制度化协商平台，推进协商民主广泛多层制度化发展"。

全国政协原副秘书长　舒启明："这次是要求全面发展协商民主，要形成协商民主体系。它是全方位的，不是局限于某一方面的，是全国上上下下都要做的，这就是说要求我们的党、人大、政府、政协、人民团体，企事业单位、社会组织、各类智库都要进行广泛协商，要求通过提案、会议、座谈、咨询、公示、网络等形式，协商得越多越好，协商得越透彻越好，通过协商集中大家的智慧使决策更科学、更民主。"

党的十八大以来，以习近平同志为核心的党中央加强顶层设计，出台《中国共产党政治协商工作条例》等重要法规和文件，为政党协商规范有序开展提供了基本遵循。

中共中央统战部分管日常工作的副部长　陈小江："党的十八大以来，党中央召开或者委托有关部门召开政党协商会议187次，习近平总书记亲自主持召开43次，就重大问题与党外人士真诚协商听取意见，各民主党派中央、无党派人士围绕'一带一路'建设，京津冀协同发展，创新驱动引领高质量发展，推动实现共同富裕等关系国计民生的重大问题，深入考察调研，提出意见建议1000余份，为执政党科学民主决策提供了有力支持，体现了参政党的责任和担当。"

全国政协原副秘书长　舒启明："在脱贫攻坚战役当中，八个民主党派和全国工商联，每一个对口监督一个脱贫任务重的省份，政协的民主监督是协商式监督，监督的目的是增进团结、凝聚共识、促进改进工作。"

基层民主是全过程人民民主的重要体现。新时代十年来，在中国，基层民主的实践尤为活跃。在党的二十大报告中，习近平总书记强调，要"积极发展基层民主"，"完善基层直接民主制度体系和工作体系"。

中国人民大学校长、党委副书记　林尚立："报告强调基层治理当中，不断地拓展吸收群众参与，吸纳群众意见的机制和平台。

比如，强调基层治理中怎么用民主的渠道，用民主的方式来吸纳各方面群众的意见，让群众有表达的空间，通过协商的方式来解决基层群众遇到的急难愁盼的问题，所以这个是全过程人民民主发展的一个很重要的实践方向。"

"民主"与"民心"相通，新时代十年来，一项项生动的民主实践，为全过程人民民主不断注入新的活力。对此，代表们深有体会。

二十大代表　裴春亮："老百姓有大智慧，有的是金点子，原汁原味的民情民智是乡村振兴，产业高质量发展的源头活水。人心齐了，我们的事业才能兴旺。"

二十大代表　周维忠："基层的村、社区都建有议事室、协商室，作为最基层的党代表我们更能体会到，党主张与追求的民主是全链条、全方位、全覆盖的民主。"

众智谋事必明，众力举事必成。党的二十大报告指出，"人心是最大的政治"，要"巩固和发展最广泛的爱国统一战线"，"完善大统战工作格局，坚持大团结大联合，动员全体中华儿女围绕实现中华民族伟大复兴中国梦一起来想、一起来干"。

中共中央统战部分管日常工作的副部长　陈小江："巩固和发展最广泛的爱国统一战线，为发展全过程人民民主贡献统战力量，着眼发挥统一战线凝聚人心、汇聚力量的政治作用。统一战线的本质是大团结、大联合，解决的就是人心和力量的问题，而我们要全面建设社会主义现代化国家，必须动员亿万人民的创造性和积极性。"

全国政协原副秘书长　舒启明："我们发展全过程人民民主，一定会把人民的智慧和力量更加凝结在一起，使我们的汗流在一起，心想在一起，劲使在一起，干在一起，形成推进全面建设社会主义现代化国家，全面推进中华民族伟大复兴的磅礴力量。"

二十大代表　路丙辉："中华民族伟大复兴不是一个人的事，一个政党的事，而是所有中华儿女共有的事。"

二十大代表　张涛："我们将从落实顶层设计和基层创新探索两端发力，践行好以人民为中心的发展思想，加快发展全过程人民民主，与人民群众一起来想、一起来干。"

全过程人民民主深深植根于中国大地，是新时代中国共产党人不断推进中国民主理论创新、制度创新、实践创新的经验结晶。全过程人民民主在我国社会主义民主政治伟大实践中形成，也必将在全面建设社会主义现代化国家新征程中不断发展。面向未来，我们要更加切实、更有成效地推进全过程人民民主，从各方面、全方位为人民当家作主进一步提供有力保障。

《焦点访谈》 2022年10月23日《奋斗·新的伟业——发展全过程人民民主》
https://tv.cctv.com/2022/10/23/VIDEPZsjdPTq3Pz9USlWoeCE221023.shtml

第八篇　全面依法治国　建设法治中国

"立善法于天下，则天下治；立善法于一国，则一国治。"以习近平同志为核心的党中央对全面依法治国高度重视，从关系党和国家长治久安的战略高度来定位法治、布局法治、厉行法治，把全面依法治国放在党和国家事业发展全局中来谋划，来推进。在党的二十大报告中，习近平总书记对全面依法治国作出新部署。本篇聚焦"坚持全面依法治国，推进法治中国建设"进行解读。

党的二十大报告的第七部分，聚焦坚持全面依法治国，推进法治中国建设的主题进行论述。习近平总书记首先在报告中指出了全面依法治国的重大意义：全面依法治国是国家治理的一场深刻革命，关系党执政兴国，关系人民幸福安康，关系党和国家长治久安。

时任中共中央政法委员会秘书长　陈一新："党的二十大报告将法治建设单独作为一个部分进行专章论述、专门部署，在我们党代表大会的历史上还是第一次。这充分体现了以习近平同志为核心的党中央对法治建设的高度重视，充分体现了我们党不仅是敢于革命、善于建设、勇于改革的党，更是信仰法治、坚守法治、建设法治的党。"

时任最高人民法院党组副书记、分管日常工作的副院长　贺荣："党的二十大报告专章部署坚持全面依法治国，推进法治中国建设的战略任务，凝聚着全党全国的高度共识，充分彰显法治是治国理政的基本方式，是国家治理体系和治理能力的重要依托，在我国社会主义法治建设史上具有里程碑意义。"

党的十八大以来，习近平总书记从坚持和发展中国特色社会主义全局和战略高度，定位法治、布局法治、厉行法治，创造性提出全面依法治国的一系列新理念新思想新战略，形成了习近平法治思想，这是新时代十年法治建设最重要的标志性成果。

时任中共中央政法委员会秘书长　陈一新："习近平法治思想，是我们党百年来提出的最全面、最系统、最科学的法治思想体系。这一思想开辟了马克思主义法治理论新境界，拓展了中国特色社会主义法治新道路，赋予了中华法治文明新内涵，贡献了维护国际法治秩序新智慧，是最具原创性的当代中国马克思主义法治理论。"

习近平法治思想推动法治中国建设开创新局面，为了发挥法治固根本、稳预期、利长远的保障作用，在法治轨道上全面建设社会主义现代化国家。党的二十大报告进一步指出下一步的方向和目标：我们要坚持走中国特色社会主义法治道路，建设中国特色社会主义法治体系、建设社会主义法治国家。

全国人大常委会法制工作委员会主任　沈春耀："建设社会主义法治国家，这是我们的一个奋斗目标，很关键的是中国特色社会主义法治体系，这是我们推进全面依法治国的总抓手。具体包括五个子体系，要形成完备的法律规范体系、高效的法治实施体系、严密的法治监督体系、有力的法治保障体系和完善的党内法规体系，把法治领域从全过程各领域各方面都概括进去。"

党的二十大报告明确了全面依法治国的工作布局是：坚持依法治国、依法执政、依法行政共同推进，坚持法治国家、法治政府、法治社会一体建设，全面推进科学立法、严格执法、公正司法、全民守法。党的二十大报告中还具体部署了四个方面的工作：完善以宪法为核心的中国特色社会主义法律体系、扎实推进依法行政、严格公正司法、加快建设法治社会。

时任中共中央政法委员会秘书长　陈一新："党的二十大报告第七部分围绕在法治轨道上全面建设社会主义现代化国家的新形势、新任务，对新时代法治建设作出许多新部署，特别是针对科学立法、严格执法、公正司法、全民守法等法治领域重点环节，又提出了许多新论断、新要求，是新时代法治建设必须遵循的行动指南。"

党的二十大报告提出，要完善以宪法为核心的中国特色社会主义法律体系。经过长期努力，我国已经形成中国特色社会主义法律体系，国家和社会生活各方面总体上实现了有法可依。新时代十年来，一批国家治理急需、满足人民日益增长的美好生活需要必备的法律相继出台或修改完善，编纂民法典；制定和修改国家安全法、反外国制裁法等20多部法律；制定和修改疫苗管理法、家庭教育促进法等，从法律制度上解决群众关心的突出问题。应该如何更好发挥立法的引领和推动作用，二十大报告指出，我们要"加强重点领域、新兴领域、涉外领域立法"。

全国人大常委会法制工作委员会主任　沈春耀："立法修法工作的重要方向、重点领域，要跟全面建设社会主义现代化国家，向第二个百年奋斗目标进军相匹配、相配合，明确哪些是需要重点加强的、人民群众关心的、各方面工作急需的重点领域。新兴领域也是随着我国经济社会快速发展变化，有很多新的领域提出立法需求和立法课题。还有就是涉外领域，随着我国经济社会发展和对外交往日益密切，'一带一路'建设、对外经济贸易投资等，关系越来越多越来越密切，因此涉外领域立法是我们需要重点加强的方向。"

法治政府建设是全面依法治国的重点任务和主体工程。只有政府带头依法行政、依法办事，国家才能在法治轨道上有序发展，党的二十大报告中指出，要"深化行政执法体制改革，全面推进严格规范公正文明执法，加大关系群众切身利益的重点领域执法力度，完善行政执法程序，健全行政裁量基准"。

全国人大常委会法制工作委员会主任　沈春耀："法治政府建设是全面依法治国，建设社会主义法治国家的重点任务或者是主体工程。因为在各级国家机关中，政府机构是最庞大的，人员也是最多的，它行使的各种职权、公权力也是最多的，因此它能不能实现依法行政，能不能建设一个法治政府，对于全面依法治国，对于建设社会主义法治国家有至关重要的意义。"

公正司法是维护社会公平正义的最后一道防线。党的十八大以来，一批历史形成的冤错案件相继得到纠正，一系列顶层设计织密公平正义的制度机制体系，员额制改革让司法力量集中到办案一线，司法责任制改革实现"让审理者裁判、由裁判者负责"，中国特色社会主义司法制度正变得更加公正高效权威。党的二十大报告进一步强调，深化司法体制综合配套改革，全面准确落实司法责任制，加快建设公正高效权威的社会主义司法制度，努力让人民群众在每一个司法案件中感受到公平正义。

时任最高人民法院党组副书记、分管日常工作的副院长　贺荣："人民法院要持续深化司法体制综合配套改革，在这个问题上要在全面准确落实司法责任制上下功夫，加快构建科学合理、规范有序、权责一致的司法权运行新机制，强化对司法活动的制约监督，深化智慧法院建设，全面推进审判体系和审判能力的现代化。"

以人民为中心是党的根本执政理念，在司法工作中则体现为"司法为民"。党的二十大代表、湖南省湘潭县的一位法官崔赣对此深有体会。2016年，一位年过八旬的老人起诉儿子不尽赡养义务，虽然通过审判，儿子已经支付赡养费并结案。但崔赣发现，母子之间仍有矛盾，他先后上门调解六次，最终化解了矛盾。

湖南省湘潭县人民法院刑事审判庭庭长　崔赣："我觉得法庭作为法院最小的一个单元，也是离人民群众最近的一个单元，我们要用好法庭法治保障的武器，用更真挚的感情去为老百姓服务。"

时任最高人民法院党组副书记、分管日常工作的副院长　贺荣："作为人民法院，我们将依法审理教育、医疗、养老、育幼、社会保障等民生领域的案件。加强妇女、儿童、老年人、残疾人权益保护，健全解决执行难长效机制，加强纠纷的实质性化解，服务扎实推进共同富裕。同时，拓展深化'一站式'多元纠纷解决和诉讼服务体系建设成果，保障社会公平正义和人民权利。"

法治社会是构筑法治国家的基础。如何做到全体人民信仰法治、厉行法治，是一项长期基础性工程。党的二十大报告指出，弘扬社会主义法治精神，引导全体人民做社会主义法治的忠实崇尚者、自觉遵守者、坚定捍卫者。

时任中共中央政法委员会秘书长　陈一新："当前，全面推进依法治国的重点是保证法律严格实施，通过执法司法把纸面上的法律变为行动中的法律。政法机关作为法律实施的重要职能部门，要全面推进严格规范、公正文明执法，加大关系群众切身利益的重点领域执法力度，依法严厉打击突出的违法犯罪，让城乡更安宁、群众更安乐。"

法治兴则国家兴，法治衰则国家乱。党的二十大报告强调，必须更好发挥法治固根本、稳预期、利长远的保障作用，在法治轨道上全面建设社会主义现代化国家。法治是一个动态的概念，不仅包括法律的制定，而且包括法律的实施、法律的监督和法律的信仰，是立法、执法、司法、守法的有机统一。全面推进科学立法、严格执法、公正司法、全民守法，密织法律之网，强化法治之力，党和国家事业发展才能有根本性全局性长期性的制度保障，确保我国社会在深刻变革中既生机勃勃又井然有序。

《焦点访谈》 2022年10月29日
《奋斗·新的伟业——全面依法治国　建设法治中国》
https://tv.cctv.com/2022/10/29/VIDE68vSzslgpKUMgjvmPszY221029.shtml

第九篇　文化自信　凝心聚力

文化是一个国家、一个民族的灵魂。没有高度的文化自信，没有文化的繁荣兴盛，就没有中华民族伟大复兴。党的十八大以来，以习近平同志为核心的党中央高度重视文化建设，在二十大报告中，习近平总书记又针对文化自信自强提出新要求、作出新部署。本篇聚焦"推进文化自信自强，铸就社会主义文化新辉煌"进行解读。

一个民族的复兴需要强大的物质力量，也需要强大的精神力量。文化自信正是凝聚和引领一个国家、一个民族胜利前行的强大精神力量。在党的二十大报告中，习近平总书记站在国家发展、民族复兴的高度，对推进文化自信自强、铸就社会主义文化新辉煌进行了部署。

中共中央宣传部分管日常工作的副部长，文化和旅游部党组书记、部长　胡和平："既有总体性要求，又有方法论指导，还有系统性安排，主要体现在以下几个方面：一是明确了使命任务，二是阐明了基本原则，三是提出了实现路径，四是作出了具体部署。这些新要求、新部署充分彰显了以习近平同志为核心的党中央高度的文化自觉、坚定的文化自信、强烈的文化担当、深沉的文化情怀，为我们做好新时代文化工作提供了根本遵循、指明了前进方向。"

坚定文化自信，是事关国运兴衰、事关文化安全、事关民族精神独立性的大问题。从党的十九大报告提出"坚定文化自信，推动社会主义文化繁荣兴盛"，到二十大报告提出"推进文化自信自强，铸就社会主义文化新辉煌"，我国文化建设的内涵不断丰富，要求不断深化。

人民日报社社长 庹震："文化自信是一个民族、一个国家、一个政党对自身文化理想、文化价值的高度信心，对自身文化生命力、文化创造力的高度信心。我们的文化自信是对包括社会主义先进文化、革命文化、中华优秀传统文化在内的中国特色社会主义文化的自信。坚定文化自信是为了实现文化自强，也就是要增强我国文化软实力，建设社会主义文化强国。"

党的十八大以来，习近平总书记深入阐释了文化自信的深刻内涵，文化自信与道路自信、理论自信、制度自信一起，被列入中国特色社会主义"四个自信"。那么，这背后又有怎样的考量呢？

中共中央党校（国家行政学院）教育长 李文堂："在十八大之前，党内的一些同志也有理想信念不坚定、政治立场模糊、精神懈怠、不担当这样一些现象。当时还存在西方文化霸权在中国的渗透，尤其西方文化中心主义和自由主义一些思潮，还有极端文化保守主义的思潮，这些思潮都影响了我们的文化认同，影响了我们改革开放的价值共识。所以在这种情况下，提出文化自信实际上给前面三个自信提供强大的精神支柱。"

新征程上，如何更好地推进文化自信自强，铸就社会主义文化新辉煌？党的二十大报告从建设具有强大凝聚力和引领力的社会主义意识形态、广泛践行社会主义核心价值观等5个方面进行了部署。

意识形态决定文化前进方向和发展道路。党的十八大以来，我们党就意识形态领域许多方向性、战略性问题作出部署，确立和坚持马克思主义在意识形态领域指导地位的根本制度，习近平新时代中国特色社会主义思想深入人心，中华优秀传统文化得到创造性转化和创新性发展，全社会凝聚力和向心力极大提升。

人民日报社社长　庹震："习近平总书记在党的二十大报告中，提出了建设具有强大凝聚力和引领力的社会主义意识形态重要要求。贯彻落实这一重要要求，我们必须坚持以习近平新时代中国特色社会主义思想为指导，牢牢掌握党对意识形态工作领导权，全面落实意识形态工作责任制，巩固壮大奋进新时代的主流思想舆论，健全用党的创新理论武装全党、教育人民、指导实践工作体系。"

中共中央党校（国家行政学院）教育长　李文堂："党的二十大报告强调建构中国特色的哲学社会科学，我觉得这是非常重要的，因为我们的意识形态必须有学术支撑。如果我们形成中国特色哲学社会科学的话语体系、学术体系、学科体系，那么就可以摆脱一些西方中心主义的或者完全西化的哲学社会科学，能够使我们这些学术支撑回到中华文明的土壤上，来建构中国话语、中国叙事体系。"

2021年夏天，中国共产党历史展览馆开馆。一年多来，前来参观的人络绎不绝。人们在这里感悟党的初心使命，也从先烈们留下的一件件文物中，读懂他们的精神和情怀。

党的十八大以来，以习近平同志为核心的党中央大力弘扬以爱国主义为核心的民族精神和以改革创新为核心的时代精神。立足于中华优秀传统文化的社会主义核心价值观，已经潜移默化成为人们的行为准则。在脱贫攻坚和抗击新冠疫情的过程中，无数人舍生忘死、冲锋在前，正是对这种精神的赓续传承。

新征程上怎么做？党的二十大报告强调，要"弘扬以伟大建党精神为源头的中国共产党人精神谱系"，"推动理想信念教育常态化制度化"，"不断坚定中国特色社会主义共同理想"。

中共中央党校（国家行政学院）教育长　李文堂："我们整个精神谱系建立在什么基础上？一是我们这些经典，中华文化的一个传统，价值观是通过经典的阅读；二是历史，历史教育，马克思主义经典。这些东西实际上在理想信念的常态化、制度化教育当中是要进行广泛阅读和了解的，通过这种学习才能形成价值观比较明晰的价值体系、价值观念。"

近年来，一大批文艺作品火爆出圈，广受欢迎，让人们感受到了高质量文艺作品的力量。收藏在博物馆里的文物、陈列在广阔大地上的遗产、书写在古籍里的文字"活"了起来，在新时代迸发出新的活力。红色旅游热度攀升，"博物馆热""非遗热"蔚然成风，国潮国风成为年轻人的新时尚。

中共中央宣传部分管日常工作的副部长，文化和旅游部党组书记、部长 胡和平："党的十八大以来，在以习近平同志为核心的党中央坚强领导下，我国文化事业日益繁荣，文化产业健康快速发展。二十大报告对过去十年文化建设成就予以充分肯定，同时也从文艺创作、文化体制改革、公共文化服务、文化产业发展、文化遗产保护利用、文旅融合等方面，对繁荣发展文化事业和文化产业作出安排部署。"

党的二十大报告提出，坚持以人民为中心的创作导向，推出更多增强人民精神力量的优秀作品，培育造就大批德艺双馨的文学艺术家和规模宏大的文化文艺人才队伍。同时，对健全现代公共文化服务体系、现代文化产业体系和市场体系、加大文物和文化遗产保护力度等进行部署。

中共中央党校（国家行政学院）教育长 李文堂："我们要成为具有世界性影响的，具有世界性传播能力的作品的话，还要提升它的价值高度，要站在中华文明的高度上来，类似那种普遍性的价值观，包括我们的仁爱、正义这些观念。还有就是在一些公共文化服务方面，特别是在基层，怎么样形成我们主流文化传播的公共空间。我觉得现在基层文化人才比较缺乏，下一步就是怎么样使我们的价值观通过有一定文化传播能力的人才队伍，能够不断传播我们的主流价值观。"

文明因多样而交流，因交流而互鉴，因互鉴而发展。党的十八大以来，习近平总书记提出文明交流互鉴的"中国方案"，积极推动不同文明交流对话，不断扩大中华文化国际影响力。搭建开放包容的文明对话平台，加强与共建"一带一路"国家文化交流合作，昆曲、京剧演出等不断亮相国际舞台……走出去的中华文化正彰显出强大的魅力。

中共中央宣传部分管日常工作的副部长，文化和旅游部党组书记、部长 胡和平："目前，全方位、多层次、宽领域的对外文化交流合作格局逐步形成，配合元首外交、重大主场外交的文化活动成功举办，多边、双边文化交流合作广泛开展，各类品牌活动影响深远，对外文化贸易体系日益完善，中华文化日益彰显强大魅力、展示新时代中国人的精气神，我们国家的国际影响力、感召力、塑造力显著提升。"

新征程上如何进一步增强中华文明传播力影响力？党的二十大报告提出，要加快构建中国话语和中国叙事体系，讲好中国故事、传播好中国声音。同时，要加强国际传播能力建设，全面提升国际传播效能，形成同我国综合国力和国际地位相匹配的国际话语权。

人民日报社社长 庹震："进一步增强中华文明传播力、影响力，新闻媒体责任重大、使命光荣。我们要加大外宣资源统筹协调力度，发挥全媒体传播优势，全面提升国际传播效能，更多更好运用国外受众乐于接受的方式、易于理解的语言，广泛宣介中国主张、中国智慧、中国方案，充分展示真实、立体、全面的中国，展现可信、可爱、可敬的中国形象。"

习近平总书记指出："文化自信是一个国家、一个民族发展中最基本、最深沉、最持久的力量。"中华民族伟大复兴既需要强大的经济基础，更需要具有强大凝聚力、向心力、引领力和感召力的共同思想基础，而文化自信自强所产生的精神力量将使亿万中国人民紧紧地团结在一起。有了这样的力量，新征程上，我们就更有信心去面对各种风险挑战，推进中华民族伟大复兴，铸就社会主义文化新辉煌。

《焦点访谈》 2022 年 10 月 25 日《奋斗·新的伟业——文化自信　凝心聚力》
https://tv.cctv.com/2022/10/25/VIDEt9Zxx6z9Ow3T0fMta3Fn221025.shtml

第十篇 增进民生福祉 提高生活品质

治国有常，利民为本。为民造福是立党为公、执政为民的本质要求。党的十八大以来，以人民为中心的发展思想深入人心，人民生活水平不断提高，人民群众的获得感、幸福感、安全感更加充实、更有保障、更可持续。党的二十大报告中，习近平总书记又针对保障和改善民生提出新要求、作出新部署。本篇聚焦"增进民生福祉，提高人民生活品质"进行解读。

以人民为中心是中国共产党的根本执政理念。习近平总书记在二十大报告中专章论述了如何增进民生福祉，提高人民生活品质。

在党的二十大报告中，习近平总书记着重指出，必须坚持在发展中保障和改善民生，鼓励共同奋斗创造美好生活，不断实现人民对美好生活的向往。报告中内容丰富，涵盖完善分配制度、实施就业优先战略、健全社会保障体系、推进健康中国建设等方面，具有针对性地提出了新要求，作出了新部署。

民政部党组书记、部长 唐登杰："党的二十大将坚持以人民为中心的发展思想，坚持人民至上作为重大原则和根本立场贯穿始终，对民生保障和共同富裕提出一系列新论断，作出一系列新部署。深刻体现了以习近平同志为核心的党中央矢志不渝、坚守初心、担当使命的政治本色，体现了我国社会主义制度的本质和优越性，顺应了历史发展大势和人民群众期盼。"

收入分配是民生之源。党的十八大以来，党中央深入推进工资收入分配制度改革取得明显成效，为提高人民生活品质奠定坚实基础。但是，仍然有较大的提高空间。党的二十大报告指出，要完善分配制度。坚持按劳分配为主体、多种分配方式并存，坚持多劳多得，鼓励勤劳致富，促进机会公平，增加低收入者收入，扩大中等收入群体，规范收入分配秩序，规范财富积累机制。

时任人力资源和社会保障部部长　周祖翼："党的二十大报告提出，要完善分配制度，既有大的原则方向性的指引和要求，又有具体的工作要求，这是增加居民和劳动者收入、扩大中等收入群体规模、提高人民生活水平的迫切需要，也是扎实推进共同富裕的需要。"

就业是民生之本，要提高居民收入在国民收入分配中的比重，前提就是创造更多就业机会和岗位，让更多劳动者分享经济社会发展的福祉。二十大代表赵小梅对此深有感触。

江西巨石集团九江钙业有限公司生产工艺员　赵小梅："家门口开了企业，既能照顾小孩还可以陪伴老人，工资也很不错。"

赵小梅所在的江西省九江市德安县林泉乡曾是一个传统农业

乡镇，年轻人都在外打工，村里空心严重。这些年，林泉乡利用自身资源优势，积极引入产业，发展生态旅游，为周边村民提供不少就业岗位，很多像赵小梅一样的年轻人都回到家乡，有了稳定的工作。

党的十八大以来，我国就业局势保持总体稳定，城镇就业规模持续扩大，就业结构不断优化。但是，当前和今后一个时期，就业总量压力长期存在，招工难和就业难并存的结构性矛盾成为就业领域的主要矛盾。如何解决好就业问题？党的二十大报告指出，实施就业优先战略，强化就业优先政策，健全就业公共服务体系，加强困难群体就业兜底帮扶，消除影响平等就业的不合理限制和就业歧视，使人人都有通过勤奋劳动实现自身发展的机会。

时任人力资源和社会保障部部长　周祖翼："怎么理解就业优先？一是在总体布局上注重发展，通过经济增长创造更多高质量的就业岗位；二是在要素投入上更加注重加大人力资本投入，充分开发利用人力资源和提高劳动者素质；三是在目标导向上把稳定和扩大就业作为宏观调控的优先目标；四是在制定实施财政货币投资等政策时，强化对稳就业、保就业的支持引导。"

一回到家乡，党的二十大代表崔圣菊就赶紧给她服务的社区打电话，社区的老人们一直是她心中的牵挂。崔圣菊是一名社区民警，她所服务的福润社区有1000多名70岁以上老人，20多名独居老人。为了帮助这些老人，崔圣菊带领小区志愿者成立了服务队。这些年，崔圣菊感受到，关爱老年人越来越成为政府和社会各界的共识，社区养老服务在逐步增加。

江苏省南京市公安局西善桥派出所福润社区民警　崔圣菊："在社区创办养老服务中心，定期为老年人举行健康知识讲座，还引进了小的食堂，老年人生活越来越便利。"

福润社区的养老举措，只是这些年我国养老事业发展的一个缩影。党的十八大以来，我国构建世界上规模最大的养老服务体系，居家社区养老服务迅速发展，社区养老服务已经基本覆盖城市社区和半数以上农村社区。但是，服务没有止境，离全体老年人享有基本养老服务还有很多工作要做。

党的二十大报告明确了全体老年人享有基本养老服务的任务目标，指明了今后养老事业与产业两手抓的方法路径，要实施积极应对人口老龄化国家战略，发展养老事业和养老产业，优化孤寡老人服务，推动实现全体老年人享有基本养老服务。

民政部党组书记、部长　唐登杰："未来五年，是积极应对人口老龄化的窗口机遇期，也是养老服务体系建设的关键时期。我们要统筹好基本养老服务、非基本养老服务，养老服务形式由机构为主向居家、社区、机构相协调，医养、康养相结合转变，服务主体由政府公办为主向政府、市场、社会多元主体共同发力转变，不断破解老有所养面临的体制机制障碍，加快建设面向全体老年人的基本养老服务体系，保证老年人享有更高质量的养老服务。"

党的十八大以来，我国已经建成世界上规模最大、功能完备的社会保障体系。截至2022年6月底，全国参加基本养老保险10.4

亿人，基本医疗保险参保率稳定在95%以上，全民医保基本实现。但随着我国城镇化、人口老龄化、就业方式多样化加快发展，社会保障体系建设又面临新情况新问题。党的二十大提出，要健全覆盖全民、统筹城乡、公平统一、安全规范、可持续的多层次社会保障体系，扩大社会保险覆盖面。

时任人力资源和社会保障部部长　周祖翼："党的二十大深刻阐明了我国社会保障事业发展的总体目标要求，今后一个时期，我们要以高质量发展、可持续发展为主题，坚持系统集成、协同高效、健全法治，扎实做好社会保障各项工作。重点任务主要有积极稳妥推进社会保障制度重大改革，持续扩大社会保障覆盖范围，积极推进社会保障法治化，提升服务管理精细化水平等。"

病有所医是老百姓关心的问题，也是不断改善人民生活的奋斗目标之一。人民健康是民族昌盛和国家强盛的重要标志。习近平总书记指出，把保障人民健康放在优先发展的战略位置，完善人民健康促进政策。二十大代表林洁如对此感受非常深刻。林洁如是贵州省人民医院呼吸科的医生，她见证了这十年医疗资源的不断变化。

贵州省人民医院医生　林洁如："以前我们送医下乡，现在我们建成了省、市、县、乡四级远程医疗服务体系，让老百姓实现足不出乡，就享受到省级优质医疗服务。现在贵州省已经获批两家国家级的区域医疗中心，我相信未来老百姓可以实现急危重症、疑难病不出省。"

党的十八大以来，我国卫生健康事业取得重大发展。过去的看病难问题得到较大程度的缓解，12个国家医学中心，50个国家区域医疗中心建成，初步缓解大医院的紧张状况。1.5万个医联体组建，远程医疗服务覆盖所有地市和90%以上的县。人均预期寿命提高1.5岁，主要健康指标居于中高收入国家前列。党的二十大报告中着重提出推进健康中国建设，涉及深化医药体制改革、促进优质医疗资源扩容和区域均衡布局，发展壮大医疗卫生队伍等多个方面。

国家卫生健康委员会主任　马晓伟："党的二十大对健康中国提出的战略构想，应该说是我们这十几年、几十年以来一直实施和推动的，是我们改革实践经验和智慧的总结，也是党中央预防为主、中西医结合，把医改同人民群众切身利益挂钩，解决人民群众看病难住院难问题一贯政策和方针的体现。未来五年，贯彻落实好二十大决策部署，卫生健康工作要向更可持续、更加均衡、更高水平、更加强大的方向迈进。"

党的二十大报告指出，要创新医防协同、医防融合机制，健全公共卫生体系，提高重大疫情早发现能力，加强重大疫情防控救治体系和应急能力建设，有效遏制重大传染性疾病传播。

国家卫生健康委员会主任　马晓伟："努力建设更加强大的公共卫生服务体系，要做到整体规划，全面提升新形势下突发公共卫生事件应对和重大疫情的防控水平，完善重大疫情群防群治体系，全面提升从早期发现到快速反应、高效处置，再到综合救治全链条的防治能力，织密公共卫生防护网，努力为经济社会发展提供安全保障。"

习近平总书记在和中外记者见面时强调，我们要"想人民之所想，行人民之所嘱，不断把人民对美好生活的向往变为现实"。老百姓说好，才是真的好。保障和改善民生没有终点，只有连续不断的新起点。在新的赶考之路上，我们依然要锚定民心这个最大的政治，聚焦人民幸福生活这个"国之大者"，不断实现好、维护好、发展好最广大人民根本利益，紧紧抓住人民最关心最直接最现实的利益问题，采取更多惠民生、暖民心举措，让人民生活更幸福更美好。

《焦点访谈》 2022年10月26日
《奋斗·新的伟业——增进民生福祉 提高生活品质》
https://tv.cctv.com/2022/10/26/VIDEzFjHt1zspbqYTsOCF2AG221026.shtml

第十一篇　推动绿色发展　建设美丽中国

　　良好的生态环境是最普惠的民生福祉。在党的二十大报告中，习近平总书记明确指出，中国式现代化是人与自然和谐共生的现代化，尊重自然、顺应自然、保护自然是全面建设社会主义现代化国家的内在要求。本篇聚焦"推动绿色发展，促进人与自然和谐共生"进行解读。

　　全面建成富强民主文明和谐美丽的社会主义现代化强国，是我国第二个百年奋斗目标，其中，美丽中国建设是重要的组成部分。良好的自然环境满足人民群众对美好生活的期待。党的二十大报告指出，要"以中国式现代化全面推进中华民族伟大复兴"，在中国式现代化的五个特征中，人与自然和谐共生就是其中之一。

　　习近平总书记指出，尊重自然、顺应自然、保护自然，是全面建设社会主义现代化国家的内在要求。必须牢固树立和践行绿水青山就是金山银山的理念，站在人与自然和谐共生的高度谋划发展。

自然资源部党组书记、部长，国家自然资源总督察 王广华： "建设人与自然和谐共生的现代化，核心是处理好人与自然的关系，要求我们友好对待自然，合理利用自然。在国土空间规划、自然资源利用、生态系统保护修复等生态文明建设的各个方面，都要把尊重自然、顺应自然、保护自然作为基本原则。"

生态环境部党组书记 孙金龙： "我们国家作为拥有14亿多人口的发展中大国，要整体迈入现代化，高消耗、高污染的模式是行不通的，资源环境的压力也是不可承受的，必须坚定不移走生产发展、生活富裕、生态良好的文明发展道路。"

长期以来，经济发展和生态环境保护被认为无法兼顾，要发展免不了要牺牲环境。党的十八大以来，在新发展理念指引下，我国坚定不移走生态优先、绿色低碳发展道路，着力推动经济社会发展全面绿色转型，既要发展，也要环境。党的二十大报告指出，要实施全面节约战略，发展绿色低碳产业，倡导绿色消费，统筹产业结构调整、污染治理、生态保护、应对气候变化，加快发展方式绿色转型。

生态环境部党组书记 孙金龙： "实践充分表明，生态环境保护和经济发展是辩证统一、相辅相成的，加强生态环境保护，能够引领和倒逼发展方式绿色转型、实现高质量发展，而促进经济社会发展全面绿色转型，是解决我国生态环境问题的基础之策。我们要以习近平生态文明思想为指导，协同推进降碳、减污、扩绿、增长，推动形成绿色低碳的生活方式和生产方式，努力实现经济社会发展与生态环境保护协同共进。"

自然资源部党组书记、部长，国家自然资源总督察　王广华：习近平总书记多次指出，生态环境问题，归根到底是资源过度开发、粗放利用、奢侈浪费造成的。推动绿色转型发展，必须抓住资源利用源头，各类资源都要统筹好开发与保护、增量与存量的关系，全面提升利用效率，促进发展方式绿色转型。

发展方式的转变，推动了我国生态环境的变化。近年来，我国各类突出环境问题得到有效解决。在北京市民邹毅的镜头下，2021年，北京的蓝天数量比2013年增加112天，空气优良天数达到288天，首次全面达标。今天，我国成为全球空气质量改善最快的国家。同时，我国水生态环境质量已接近发达国家水平，2021年全国地表水优良水质断面比例达到84.9%。全国土壤环境风险得到有效管控。

生态环境部党组书记　孙金龙："新时代的十年，以习近平同志为核心的党中央，以前所未有的力度推进生态文明建设，谋划开展了一系列根本性、开创性、长远性工作，我国生态环境保护发生历史性、转折性、全局性变化，我们的祖国天更蓝、山更绿、水更清，创造了举世瞩目的生态奇迹和绿色发展奇迹。"

在党的二十大报告中，针对环境问题，提出要"深入推进环境污染防治"。不难看出，随着生态环境的不断改善，对环境污染防治工作的要求，也在不断提高。

生态环境部党组书记　孙金龙："良好的生态环境是最普惠的

民生福祉。下一步，我们将坚持方向不变、力度不减，坚持精准治污、科学治污、依法治污，深入推进环境污染防治，持续深入打好蓝天、碧水、净土保卫战。基本消除重污染天气和城市黑臭水体，实现生态环境质量持续改善，让良好生态环境成为人民幸福生活的增长点。"

良好的生态环境，不仅能让人民的生活更加幸福，而且能提供更好的发展机会。党的二十大代表雷晓华从大会一回来，就开始给大家传达二十大报告中关于生态环境保护的内容。

雷晓华是浙江省景宁畲族自治县毛垟乡党委书记。曾经的毛垟乡山多路少、交通不便，年轻人都在外务工，发展产业根本不可能。雷晓华来到这里后发现，毛垟乡气候湿润、自然环境良好，特别适合种植苔藓。在她的带领下，短短几年，这里就形成了育苗、种植、文创、绿化工程等苔藓产业链，每年带来超千万元收入。

浙江省景宁畲族自治县毛垟乡党委书记　雷晓华："这几年我们在发展产业的过程当中，实实在在尝到了生态的甜头，群众在村里生态意识也形成了很好的良性循环，保护生态的意识越来越强。"

党的十九大后，加快实施重要生态系统保护和修复重大工程成了我国生态保护的重要内容。

毛垟乡所处的百山祖是浙江省第二大河流瓯江的源头，这里有保护完好的中亚热带常绿阔叶林，是百山祖冷杉、黑麂等中国特有珍稀濒危物种最后的"基因保护地"。两年前，这里开始创建钱江源—百山祖国家公园，2100名原本住在保护区内的村民全部搬迁并得到妥善安置，园区内运行了15年的水电站正式关停。生态得到保护和修复后，一些曾经濒临灭绝的动植物被发现的频率增加了，还发现了一些新的物种。

近年来，全国90%的陆地生态系统、74%的重点保护野生动植物物种已得到有效保护。生态兴则文明兴，生态衰则文明衰。党的二十大报告提出，要"提升生态系统多样性、稳定性、持续性"，就是为中华民族谋划长期发展。

自然资源部党组书记、部长，国家自然资源总督察　王广华："近年来，我国的生态保护取得了积极成效，但也要看到，局部地区生态功能、生物多样性退化趋势还没有得到有效遏制，生态安全的基础还不稳固。我们将加快形成以国家公园为主体、自然保护区为基础、自然公园为补充的自然保护地体系，统筹就地保护和迁地保护，加强外来入侵物种监测预警防治，维护生态安全。"

党的十九大以来，我国实施了44个山水林田湖草沙系统治理重大工程，重点保护和修复我国青藏高原、长江流域、黄河流域等重点生态功能区。党的二十大报告中，再次明确要加快实施重要生态系统保护和修复重大工程。

自然资源部党组书记、部长，国家自然资源总督察　王广华："一是聚焦国家重点生态功能区、生态保护红线、自然保护地等重点区域；二是坚持山水林田湖草沙生命共同体理念，实施综合治理、系统治理、源头治理，一体化推进生态系统保护和修复；三是控制和降低自然资源开发利用强度，发挥生态系统的自我修复能力。"

生态环境的持续改善，也得益于绿色能源的不断开发。今天，在青藏高原，青海省海南州千万千瓦级生态光伏发电园区，年平均发电量达到96亿千瓦时；在新疆哈密，风力发电装机容量已超过千万千瓦；在金沙江上，白鹤滩水电站已有13台百万千瓦水轮发电机组正式投产发电。这些能源项目为助力我国绿色发展转型起到重要作用。

国家能源局党组书记、局长　章建华："新时代十年来，在保障经济社会发展的同时，我国能源结构加快转型，绿色发展的底色更加鲜明，单位国内生产总值能耗十年累计下降了26.4%，我国以能源消费年均3%的增长支撑了国民经济年均6.6%的增长。"

2020年，中国超额完成了哥本哈根气候峰会（2009年）承诺的2020年国家减排目标，并在当年明确提出2030年前碳达峰与2060年前碳中和目标。党的二十大报告中再次明确，要积极稳妥推进碳达峰碳中和。

国家能源局党组书记、局长　章建华："未来十年，我们新增的能耗里面70%来自非化石能源，实现'双碳'目标是我们自己必须做的，不是别人让我们做的，这是从可持续发展和人类命运共同体考虑的。"

实现碳达峰碳中和是一场广泛而深刻的经济社会系统性变革。中国是世界第一能源消费大国，也是世界第一能源生产大国，必须立足我国能源资源禀赋，坚持先立后破，有计划分步骤实施碳达峰行动。

国家能源局党组书记、局长　章建华："要做到先立后破，就是要立足于现有的资源，夯实煤炭'压舱石'地位，加大油气资源勘探开发。同时要加强煤、油、气储备能力建设，多措并举保障能源安全。总的目标就是，按照党的二十大报告中所要求的，加快能源转型，建立新型能源保障体系，服务好社会，保障国家能源供应。"

人与自然是生命共同体，无止境地向自然索取甚至破坏自然必然会遭到大自然的报复。我们必须牢固树立和践行绿水青山就是金山银山的理念，站在人与自然和谐共生的高度谋划发展，像保护眼睛一样保护生态环境，像对待生命一样对待生态环境。把自然和生态当成我们自身的一部分，才能更好地把绿色发展的理念融入我们的一举一动，广泛形成绿色生产生活方式，为中华民族的永续发展打下坚实的基础。

《焦点访谈》　2022年10月27日
《奋斗·新的伟业——推动绿色发展　建设美丽中国》
https://tv.cctv.com/2022/10/27/VIDEuguZZr1r4qnLMC1NUIYJ221027.shtml

第十二篇　以新安全格局保障新发展格局

　　国家安全是民族复兴的根基，社会稳定是国家强盛的前提。在党的二十大报告中，习近平总书记指出，要推进国家安全体系和能力现代化，坚决维护国家安全和社会稳定。当前我国发展进入战略机遇和风险挑战并存、不确定难预料因素增多的时期，各种"黑天鹅""灰犀牛"事件随时可能发生。前进路上，我们怎么来统筹发展和安全两件大事，防范化解风险？

　　维护国家安全和社会安定，是党和国家的一项基础性工作。党的十八大以来，我国贯彻总体国家安全观，推出一系列重大举措，国家安全得到全面加强，有效应对了种种风险挑战。习近平总书记在党的二十大报告中指出，必须坚定不移贯彻总体国家安全观，把维护国家安全贯穿党和国家工作各方面全过程，确保国家安全和社会稳定。

　　中共中央政治局委员、中央政法委书记　陈文清："党的二十大报告中，用专章对推进国家安全体系和能力现代化，坚决维护国家安全和社会稳定进行了全面部署，这在党的历次代表大会上都是第一次，充分体现了以习近平同志为核心的党中央对国家安全工作的高度重视。总体国家安全观是习近平新时代中国特色社会主义思想的重要组成部分，是新时代国家安全工作的根本遵循和行动指南。"

2014年4月15日，习近平总书记在中央国家安全委员会第一次会议上，创造性地提出总体国家安全观。党的十九大将总体国家安全观纳入中国特色社会主义的基本方略。总体国家安全观在实践中不断丰富发展，现已涵盖政治、军事、国土、经济、文化、社会、科技、网络、生态等领域。

中共中央政治局委员、中央政法委书记　陈文清："习近平总书记指出，总体国家安全观最鲜明的特点在于'总体'二字，过去我们讲国家安全指抓间谍特务，今天国家安全所面临的内涵和外延比历史上任何时候都要丰富，时空领域比历史上任何时候都要宽广，内外因素比历史上任何时候都要复杂。今天我们讲的总体国家安全观的国家安全，是一个大安全的概念，它是指国家的政权、主权、统一和领土完整、人民福祉、经济社会可持续发展和国家其他重大利益相对处于没有危险和不被内外威胁的状态，以及保障持续安全状态的能力。"

党的二十大报告系统阐述了总体国家安全观的核心要义，其中包含"五大要素"：坚持以人民安全为宗旨、以政治安全为根本、以经济安全为基础、以军事科技文化社会安全为保障、以促进国际安全为依托，为安全工作提供了根本遵循。

统筹发展和安全是中国取得一系列伟大成就的基本经验，而能否有力防范化解重大风险是顺利推进中国式现代化的关键。当前，全球进入失序紊乱的动荡变革期，公共卫生安全形势严峻，世界经济面临衰退与滞胀风险增大，能源安全、粮食安全、供应链安全挑战凸显。这样的形势下，怎么才能贯彻好总体国家安全观，统筹好发展与安全，有力应对新风险新挑战？党的二十大报告鲜明指出，要"以新安全格局保障新发展格局"。

中共中央政治局委员、中央政法委书记 陈文清："安全是发展的前提，发展是安全的保障，发展和安全犹如车之两轮、鸟之两翼。习近平总书记强调，以新安全格局保障新发展格局，蕴含着统筹发展和安全的重要战略思想。我们构建新发展格局，必须牢牢守住安全发展这条底线，打造与之相适应的新安全格局，实现高质量发展和高水平安全的良性互动，把发展建立在更加安全、更为可靠的基础之上。"

怎么才能加快构建新安全格局？党的二十大报告指出，要从四个方面发力：健全国家安全体系、增强维护国家安全能力、提高公共安全治理水平、完善社会治理体系。健全国家安全体系，是从战略高度、以全局视角综合建构新安全格局的首要任务。党的二十大报告指出，要健全这个体系，就要完善高效权威的国家安全领导体制，完善国家安全力量布局，构建全域联动、立体高效的国家安全防护体系。

中共中央政治局委员、中央政法委书记　陈文清："要坚持党中央对国家安全工作的集中统一领导，要实现国家安全体系的现代化，我们需要全域联动、立体高效。所谓全域联动，维护国家安全，就是需要各个地方各个方面统筹协调，党的十八大以来，我们已经建立政治、经济、文化、生物等19个领域的协调机制，希望把各个方面、各个地区维护国家安全的力量统筹起来。所谓立体高效，就是既要发挥党委的主体责任，又要发挥各个部门、全国人民共同的力量，来形成立体的高效的维护防护体系。"

在健全国家安全体系任务中，党的二十大报告强调，完善重点领域安全保障体系和重要专项协调指挥体系，强化经济、重大基础设施、金融、网络、数据、生物、资源、核、太空、海洋等安全保障体系建设。其中，金融安全保障体系建设是重点任务之一。

中国人民银行行长　易纲："金融是国家重要的核心竞争力，金融安全是国家安全的重要组成部分，维护好金融安全是关系我国经济社会发展全局的一件带有战略性和根本性的大事。要坚持以人民为中心的发展思想，实施稳健的货币政策，保持币值稳定，从宏观层面营造维护国家安全的货币金融环境。"

防范和化解金融风险事关国家安全、发展全局和人民财产安全。坚持统筹发展和安全，牢牢守住不发生系统性金融风险的底线，健全和完善金融风险的防范、预警和处置机制尤为重要。

中国人民银行行长　易纲："防范和化解金融风险是实现高质

量发展必须跨越的重大关口，当前，我国金融风险整体收敛、总体可控。落实党的二十大精神，守住不发生系统性金融风险的底线，我们将建设现代中央银行制度，必须坚持依法履职，加强和完善现代金融监管，落实监管责任，依法将各类金融活动全部纳入监管，强化金融稳定保障体系，继续加强风险源头管控，做到早识别、早预警、早发现、早处置，充分保护好广大人民群众的利益。"

新安全格局，是内外兼修的安全格局。对内部安全环境而言，国家安全体系和能力的现代化，意味着要练好内功、完善治理。党的二十大报告强调，要提高公共安全治理水平。

应急管理部党委书记、部长　王祥喜："党的二十大报告用专节来部署提高公共安全治理水平，强调应急管理工作，这在历次党代会的报告当中还是第一次，充分体现了以习近平同志为核心的党中央对应急管理的高度重视，体现了我们党以人民为中心的发展思想，体现了人民至上、生命至上的执政理念。提高公共安全治理水平，对于有力防范化解风险挑战，更好统筹发展和安全，为人民安居乐业、社会安定有序、国家长治久安编织全方位、立体化的公共安全网，具有十分重要的意义。"

我国的许多城市和行业领域基础设施和设备老化，进入了风险集中的显露期。同时，新产业、新业态、新技术快速发展，也带来了新的安全风险。如何防范和化解这些公共安全风险？党的二十大报告指出，要坚持安全第一、预防为主，建立大安全大应急框架，完善公共安全体系，推动公共安全治理模式向事前预防转型。

应急管理部党委书记、部长　王祥喜："重点围绕完善体系、预防为主、专项整治、提升能力来抓好落实。要健全统一指挥、专常兼备、反应灵敏、上下联动的中国特色应急管理体系。推进预警和响应一体化机制建设，加强应急预案管理，强化基层应急管理，进一步压实地方领导干部安全生产的领导责任、部门的行业监管责任、企业的主体责任。同时要抓源头治理、工程治理，聚焦矿山、危化、消防等重点行业领域，加强安全监管，着力从根本上消除隐患，从根本上解决问题。"

我国是世界上自然灾害最为严重的国家之一，近年来极端天气明显增多。对此，党的二十大报告提出，要提高防灾减灾救灾和重大突发公共事件处置保障能力，加强国家区域应急力量建设。

应急管理部党委书记、部长　王祥喜："继续推进实施自然灾害防治的9项重点工程，要着力提高抢险救援能力，建强国家综合性的消防救援队伍。同时，我们要大力发展社会应急力量，鼓励企业救援队伍和社会志愿者积极参与应急救援工作。"

对于构建新安全格局，党的二十大报告指出，要健全共建共治共享的社会治理制度，建设人人有责、人人尽责、人人享有的社会治理共同体。当前，国家安全形势依然复杂严峻，二十大报告强调，在前进道路上必须坚持发扬斗争精神，增强全党全国各族人民的志气、骨气、底气，不信邪、不怕鬼、不怕压，知难而进、迎难而上，统筹发展和安全，全力战胜前进道路上各种困难和挑战，依靠顽强斗争打开事业发展新天地。

中共中央政治局委员、中央政法委书记　陈文清："总体国家安全观是对中国历代兴衰成败的深刻总结，是对世界大国兴衰成败的深刻总结。我们要坚定不移地贯彻总体国家安全观，把维护国家安全贯穿党和国家工作各方面全过程。坚定信心，团结奋斗，敢于斗争，善于斗争，全力确保国家安全和社会稳定。"

国家安全体系和能力现代化是中国式现代化的题中之义，更是推动中国式现代化行稳致远的重要保障。面对波谲云诡的国际形势、复杂敏感的周边环境、艰巨繁重的改革发展稳定任务，我们必须增强忧患意识，坚持底线思维，始终保持高度警惕，既要有防范风险的先手，也要有应对和化解风险挑战的高招，既要打好防范和抵御风险的有准备之战，也要打好化险为夷、转危为机的战略主动战。以发展促安全，以安全保发展，努力建久安之势，成长治之业。

《焦点访谈》 2022 年 10 月 30 日
《奋斗·新的伟业——以新安全格局保障新发展格局》
https://tv.cctv.com/2022/10/30/VIDELR6XSd9GaElJwinMiZsu221030.shtml

第十三篇　全面从严治党永远在路上

　　把党的建设作为一项伟大工程来推进，是我们党领导人民进行伟大社会革命的重要法宝。全面从严治党是党永葆生机活力、走好新的赶考之路的必由之路。党的二十大报告对坚定不移全面从严治党作出一系列重要部署，明确提出坚持以严的基调强化正风肃纪，坚决打赢反腐败斗争攻坚战持久战。本篇聚焦"坚定不移全面从严治党，深入推进新时代党的建设新的伟大工程"进行解读。

　　全面建设社会主义现代化国家、全面推进中华民族伟大复兴，关键在党。一个政党，一个政权，其前途命运取决于人心向背。习近平总书记在党的二十大报告中强调："我们党作为世界上最大的马克思主义执政党，要始终赢得人民拥护、巩固长期执政地位，必须时刻保持解决大党独有难题的清醒和坚定。"

　　中共中央纪委副书记、国家监委副主任　肖培："党的二十大要求全党牢记全面从严治党永远在路上，党的自我革命永远在路上。新时代全面从严治党，十年磨一剑，我们党找到了自我革命这一条跳出治乱兴衰历史周期率的第二个答案。"

党的十八大以来，以习近平同志为核心的党中央以"十年磨一剑"的定力推进全面从严治党，以"得罪千百人，不负十四亿"的使命担当推进史无前例的反腐败斗争，打出一套自我革命的"组合拳"，刹住了一些长期没有刹住的歪风，纠治了一些多年未除的顽瘴痼疾，反腐败斗争取得压倒性胜利并全面巩固。截至2022年10月，全国纪检监察机关共立案464.8万余件，其中，立案审查调查中管干部553人，处分厅局级干部2.5万多人、县处级干部18.2万多人。

中共中央纪委副书记、国家监委副主任　肖培："根本原因在于党中央旗帜鲜明惩治腐败，旗帜鲜明从严治党，在于党中央加强对反腐败工作的集中统一领导，党的领导在党的建设中体现出来了，党的建设又以全面从严治党为鲜明主题。"

我们党历经千锤百炼而朝气蓬勃，一个很重要的原因就是我们始终坚持党要管党、全面从严治党。党的二十大报告提出，"我们要落实新时代党的建设总要求，健全全面从严治党体系，全面推进党的自我净化、自我完善、自我革新、自我提高，使我们党坚守初心使命，始终成为中国特色社会主义事业的坚强领导核心"。

中共中央纪委副书记、国家监委副主任　肖培："我们党管党治党是一个非常系统的工程，新时代坚持问题导向，坚持系统观念，是一个突出的特点，把问题看成一个系统，把解决问题的方法看成一个系统，把解决问题的工程看作一个系统来设计，让各个环节统筹联动，同时发力、同向发力、综合发力才能解决新时代我们面对的问题。"

立足新时代新征程，党的二十大报告从7个方面部署了"坚定不移全面从严治党，深入推进新时代党的建设新的伟大工程的重大任务"。其中，"坚持和加强党中央集中统一领导"被放在首要位置。

中共中央组织部分管日常工作的副部长　姜信治："坚持和加强党中央集中统一领导是我们党的最高政治原则，任何时候、任何情况下都不能含糊和动摇。最重要的是坚持'两个确立'、做到'两个维护'，这是党的十八大以来我们党取得的最大政治成果。我们这样一个大党，在一个14亿多人口的大国执政，要完成全面建设社会主义现代化国家的历史使命，必须要有坚强的领导核心，要有科学理论的指引。"

指导思想是一个政党的精神旗帜。党的二十大报告强调："坚持不懈用新时代中国特色社会主义思想凝心铸魂，全面加强党的思想建设。"刚刚参加完党的二十大的岳阳市委书记曹普华回到岗位开展的第一项工作，就是邀请11名青年党员代表开展二十大精神的座谈会。11位青年党员代表来自农业、卫生、教育等多个民生领域，这也是二十大之后他们上的第一堂党课。理想信念教育，正是这堂党课的核心内容。

湖南省岳阳市委书记　曹普华："与青年党员开展座谈，就是希望通过宣讲党的二十大精神，引导广大青年党员不断加强政治历练，努力提升站位的高度、信仰的硬度、党性的纯度。"

过去十年，像这样的学习教育在党内已经成为一种常态，党的群众路线教育实践活动、"三严三实"专题教育、"两学一做"学习教育、"不忘初心、牢记使命"主题教育、党史学习教育接续开展，引导广大党员、干部增强"四个意识"、坚定"四个自信"、做到"两个维护"。党的二十大报告进一步指出，要完善党的自我革命制度规范体系。健全党统一领导、全面覆盖、权威高效的监督体系，完善权力监督制约机制。

中央巡视组原副部级巡视专员 吴瀚飞："党员是党的肌体的细胞。党的先进性和纯洁性要靠千千万万党员的先进性和纯洁性来体现，党的执政使命要靠千千万万党员卓有成效的工作来完成，党要管党、从严治党必须落实到党员队伍的教育管理中去。"

十年砥砺前行。截至2021年年底，中国共产党党员总数为9671.2万名，比2012年年底增加了一千多万。广大党员干部在脱贫攻坚、疫情防控、抗洪救灾等大战大考中迎难而上、踔厉奋发，有力保障了第一个百年奋斗目标的顺利实现，向人民、向历史交出了一份优异的答卷。党的二十大报告指出："全面建设社会主义现代化国家，必须有一支政治过硬、适应新时代要求、具备领导现代化建设能力的干部队伍。"这是党着眼新形势新任务对干部队伍建设提出的新要求。

中共中央组织部分管日常工作的副部长 姜信治："全面建设社会主义现代化国家，是一项伟大而艰巨的事业，特别需要在坚持政治标准的前提下，更加注重干部的能力素质，确保干部队伍成为现代化建设事业的骨干力量。"

党的十八大以来，以习近平同志为核心的党中央着力提升基层党组织的创造力、凝聚力、战斗力，扎实做好抓基层强基础工作，不断夯实着党的执政根基。一批由物业公司保洁人员组成的基层党员突击队，即将奔赴疫情防控一线，参与消杀、保洁和清运垃圾等工作，给他们送行的是党的二十大代表、该企业的党委书记薛荣。自疫情发生以来，这家家政企业已经有600多名党员和2000多名入党积极分子投入到一线防控工作中。

圆方集团党委书记　薛荣："基层党组织就是党的各种方针政策落地的执行者，基层党组织做得好不好，就要看我们基层党组织有没有能力去落实党的政策。"

党的二十大报告提出："坚持大抓基层的鲜明导向，抓党建促乡村振兴，加强城市社区党建工作，推进以党建引领基层治理，持续整顿软弱涣散基层党组织，把基层党组织建设成为有效实现党的领导的坚强战斗堡垒。"

中央巡视组原副部级巡视专员　吴瀚飞："贯彻落实党中央决策部署，基层党组织是'最后一公里'，要把基层党组织建设成为有效实现党的领导的坚强战斗堡垒，从而把广大党员、干部和各方面人才有效组织起来，把广大人民群众广泛凝聚起来，形成为全面建设社会主义现代化国家而团结奋斗的强大力量。"

赶考永远在路上，时代不断给出新的考题。新时代全面从严治党从制定和落实中央八项规定开局破题，党的二十大报告再次警示全党：党风问题关系执政党的生死存亡，必须锲而不舍落实中央八项规定精神，持续深化纠治"四风"，重点纠治形式主义、官僚主义，坚决破除特权思想和特权行为。全面加强党的纪律建设，督促领导干部特别是高级领导干部严于律己、严负其责、严管所辖，对违反党纪的问题，发现一起坚决查处一起。

中共中央纪委副书记、国家监委副主任 肖培："严是中国共产党的政治基因，是党的建设的鲜明底色。要抓思想从严，用党的创新理论凝心铸魂，不断提高党性觉悟；抓作风从严，锲而不舍落实中央八项规定精神，对普遍发生反复出现的'四风'问题，要深化整治；抓治吏从严，要贯彻新时代好干部标准，严把政治关、廉洁关。"

腐败是危害党的生命力和战斗力的最大毒瘤，反腐败是最彻底的自我革命。党的十八大以来，反腐败斗争取得压倒性胜利并全面巩固。党的二十大报告深刻指出，只要存在腐败问题产生的土壤和条件，反腐败斗争就一刻不能停，必须永远吹冲锋号。

中共中央纪委副书记、国家监委副主任 肖培："要健全党统一领导、全面覆盖、权威高效的监督体系，以党内监督为主导，推动各项监督贯通协调，要加强对一把手和领导班子监督实效，推进政治监督具体化、精准化、常态化，推动保证党的二十大精神落实见效。"

党的二十大报告还明确指出当前反腐败斗争的方针和主要任

务，包括坚持不敢腐、不能腐、不想腐一体推进，以零容忍态度反腐惩恶，深化标本兼治，推进反腐败国家立法等多个方面。

中共中央纪委副书记、国家监委副主任　肖培："这不仅是反腐败斗争的基本方针，也是新时代全面从严治党的重要方略，重点任务是要做到坚决查处政治问题和经济问题交织的腐败，坚决防止领导干部成为利益集团、权势团体的代言人、代理人，坚决整治政商勾连，破坏政治生态和经济发展环境问题，坚决治理群众身边的'蝇贪'，让群众感受到公平正义，感受到共同富裕的成效。"

习近平总书记在党的二十大期间参加广西代表团讨论时强调，牢牢把握以伟大自我革命引领伟大社会革命，这明确宣示了持之以恒推进党的自我革命、一以贯之推进全面从严治党的如磐决心和坚定意志。在以习近平同志为核心的党中央坚强领导下，以永远在路上的坚定执着继续深入推进新时代党的建设新的伟大工程，中国共产党一定能在新的赶考之路上向历史和人民交出新的优异答卷。

《焦点访谈》　2022年10月31日
《奋斗·新的伟业——全面从严治党永远在路上》
https://tv.cctv.com/2022/10/31/VIDEyvm9SuYMOfrfru7wyVa7221031.shtml

第十四篇　新征程上党旗飘扬

　　审议通过《中国共产党章程（修正案）》，是党的第二十次全国代表大会的一项重要议程。修改后的党章有哪些新变化，为什么做这些修改，这对踏上新征程的党和国家事业的发展具有什么样的意义？本篇聚焦《中国共产党章程（修正案）》进行解读。

　　党章是党的总章程，对坚持党的全面领导、推进全面从严治党、加强党的建设具有根本性的规范和指导作用。党的全国代表大会根据理论创新和实践创新的需要对党章进行修改，是我们党的一个惯例。党章的一次次修改，体现了党的理论创新、实践创新和制度创新的时代特色；党章的一次次完善，彰显了中国共产党人推陈出新、与时俱进的创造精神。

　　中共中央组织部分管日常工作的副部长　姜信治："2022年1月，在党中央就党的二十大报告议题向各地区各部门征求意见的过程中，许多地方、部门和军队有关方面认为，党的十九大以来，党的理论创新、实践创新、制度创新成果丰硕，党面临的形势和任务发生新的深刻变化，建议对党章进行修改。在深入研究的基础上，中央政治局决定对党章进行适当修改。"

及时把党的理论创新和实践发展的重大成果体现到党章中，才能使党章在推进党和国家事业、加强党的建设中发挥重要指导作用。那么，这次党章修改工作遵循的原则是什么呢？

中共中央组织部分管日常工作的副部长　姜信治："根据历史经验和实践要求，党中央确定了这次修改党章的原则。具体来说，就是坚持马克思列宁主义、毛泽东思想、邓小平理论、'三个代表'重要思想、科学发展观，全面贯彻习近平新时代中国特色社会主义思想；坚持发扬党内民主，集中全党智慧；保持党章总体稳定，只修改那些必须改的、在党内已经形成共识的内容，努力使修改后的党章充分体现马克思主义中国化时代化最新成果，充分体现党的十九大以来党中央提出的治国理政新理念新思想新战略，充分体现党的工作和党的建设的新鲜经验，以适应新形势新任务对党的工作和党的建设提出的新要求。"

坚持发扬党内民主、集中全党智慧，是这次党章修改工作的主要特点。党章修改工作始终坚持把发扬党内民主体现在各个环节各个方面，习近平总书记先后亲自主持召开5场座谈会，当面听取各省区市、军队单位主要负责同志意见，同大家就党章修改问题深入进行研究。

时任中共中央办公厅副主任兼调研室主任　唐方裕："党中央就党章修改工作先后两轮，向各地区各部门征求意见，第一轮征求的意见和建议一共有1900多条；第二轮征求意见，直接参与讨论的党员、干部就有4700多人。党的十九届七中全会和党的二十大都对党章修正案进行了充分讨论和审议，与会代表又提出了一些重要意见。由此可见，这次党章修改工作是一次充分发扬党内民主的生动实践。"

党章就是党的根本大法，是全党必须遵循的总规矩。因为这样的定位，中国共产党非常重视党章的制定和完善。党的二十大通过的党章修正案，共修改50处，其中总纲部分的修改37处，条文部分的修改13处。那么，这次修改最重要的内容和亮点都有哪些呢？

时任中共中央办公厅副主任兼调研室主任　唐方裕："修改的内容主要集中在四个方面：一是把党的十九大以来习近平新时代中国特色社会主义思想的新发展写入党章；二是把党的初心使命、党的百年奋斗重大成就和历史经验的内容写入党章；三是把全面建设社会主义现代化国家、以中国式现代化全面推进中华民族伟大复兴的奋斗目标写入党章；四是把党的十九大以来以习近平同志为核心的党中央坚持和加强党的全面领导、推进全面从严治党的新鲜经验写入党章。"

确保新时代沿着正确方向前进，需要与时俱进的科学理论作指导。2017年，中国共产党第十九次全国代表大会把习近平新时代中国特色社会主义思想确立为党必须长期坚持的指导思想并庄严地写入党章，实现了党的指导思想的与时俱进。

充实完善习近平新时代中国特色社会主义思想的科学内涵和历史定位，是这次党章修改的一个重点。根据党的十九大以来习近平新时代中国特色社会主义思想的新发展，增写了坚持把马克思主义基本原理同中国具体实际相结合、同中华优秀传统文化相结合，科学回答了新时代坚持和发展什么样的中国特色社会主义、怎样坚持和发展中国特色社会主义等重大时代课题。把马克思主义中国化最新成果，修改为是当代中国马克思主义、二十一世纪马克思主义，是中华文化和中国精神的时代精华。

中共中央政策研究室副主任　田培炎："作出这些修改，反映了全党全国各族人民的共同心声和真诚愿望，有利于全党统一思想、统一行动，深入学习贯彻习近平新时代中国特色社会主义思想，更好发挥这一科学理论的根本指导作用。"

始终坚守初心使命，始终坚定理想信念，是100多年来中国共产党一切奋斗的出发点和落脚点。习近平总书记指出："中国共产党一经诞生，就把为中国人民谋幸福、为中华民族谋复兴确立为自己的初心使命。"党在百余年奋斗历程中始终践行初心使命，团结带领全国各族人民书写了中华民族几千年历史上最恢宏的史诗，创造了一系列伟大成就，积累了宝贵历史经验。根据各地区各部门建议，党章修正案在总纲部分把党的初心使命、党的百年奋斗重大成就和历史经验的内容写入了党章。

不忘初心、牢记使命，这不仅是对党和人民许下的庄严承诺，也是党员干部在工作实践中对自身的要求。党的二十大代表周宇坤是一名基层的消防指挥员，从事消防救援工作22年，她始终坚守在一线。这次党章修正案把党的初心使命写入党章，让她更加认识到自己肩负的职责和使命。

湖南省资兴市消防救援大队大队长 周宇坤："守护好消防安全，让人民群众远离火灾危害是我们的职责和使命，用自己的实际行动，做党章的坚决执行者、忠诚维护者。"

全面建设社会主义现代化国家，是一项伟大而艰巨的事业，前途光明，任重道远。

党的二十大提出以中国式现代化全面推进中华民族伟大复兴，并将此确定为新时代新征程中国共产党的中心任务。把上述内容写入党章，也是这次党章修改的一个重点。党章修正案吸收各地区各部门建议，根据十九大以来习近平总书记的重要思想观点和十九届四中全会决定、十九届六中全会决议的相关提法，对关于社会主义初级阶段的相关内容作了修改完善。

中共中央政策研究室副主任 田培炎："党的十九大以来，以习近平同志为核心的党中央提出一系列治国理政新理念新思想新战略，党章修正案据此作了相应的修改，有很多内容涉及经济社会发展方面。比如，把经济和社会发展的战略目标调整表述为：到二〇三五年基本实现社会主义现代化，到本世纪中叶把我国建成社会主义现代化强国。比如，把坚持创新、协调、绿色、开放、共享的发展理念，修改为把握新发展阶段，贯彻创新、协调、绿色、开放、共享的新发展理念，加快构建以国内大循环为主体、国内国际双循环相互促进的新发展格局，推动高质量发展等内容写入党章。"

这些修改有利于推动全党把思想和行动统一到党中央对国内外形势的科学判断与党和国家工作战略部署上来，更加自觉地贯彻党的基本路线，不断以发展新业绩续写新时代中国发展的伟大历史。

党的二十大代表何江川返回单位后的第一件事，就是参加新党员的入党宣誓仪式。这次党章修正案在党员一章增写了学习党的历史，增强"四个意识"、坚定"四个自信"、做到"两个维护"的内容，对党的基层组织和党组两章部分条文也进行了充实和完善。

中国石油长庆油田分公司党委书记　何江川："党章修正案完善了国有企业党委加强党组织自身建设的职责和任务，增加了推进党史学习教育常态化制度化的内容，更有利于增强基层党组织的政治功能、组织功能和战斗堡垒作用。"

全面建设社会主义现代化国家，实现新时代新征程各项目标任务，关键在党。党的十九大以来，推动全面从严治党向纵深发展，党的建设取得丰硕成果。

中共中央组织部分管日常工作的副部长　姜信治："这次党章修改吸收党的建设新鲜经验和新的理论概括，在这样几个方面进行了充实完善，增写弘扬坚持真理、坚守理想，践行初心、担当使命，不怕牺牲、英勇斗争，对党忠诚、不负人民的伟大建党精神，以伟大自我革命引领伟大社会革命等内容。"

　　充实这些内容，有利于坚持和加强党中央集中统一领导、坚持不懈用习近平新时代中国特色社会主义思想凝心铸魂，有利于增强党组织政治功能和组织功能、坚持以严的基调强化正风肃纪、坚定不移推进全面从严治党。

　　党章是一面光辉的旗帜，映射出一个矢志民族复兴伟业政党的强烈责任与历史担当，它将引领新征程、开辟新天地、走向新胜利。一分部署，九分落实。党章的生命力在于执行。党员干部更加自觉地学习党章、遵守党章、贯彻党章、维护党章，才能以更加坚定的理想信念和必胜的信心勇气，在实现第二个百年奋斗目标、实现中华民族伟大复兴中国梦的新征程上，踔厉奋发、勇毅前行。

《焦点访谈》 2022年11月1日《奋斗·新的伟业——新征程上党旗飘扬》
https://tv.cctv.com/2022/11/01/VIDEzdFEiEqrseuJqovpY8xA221101.shtml

《奋斗·新的伟业》主创人员名单

总制片人：孙　杰　王惠莉　任　涛　张士峰

制 片 人：李作诗

主　　编：刘　宁　喻晓轩

主 持 人：侯　丰　劳春燕

编　　辑：（按姓氏笔画为序排列）

王陶然　车　黎　刘晓晨　李大杰　李蓉蓉

李　筱　肖　津　陆宇佳　袁　圆　高　琦

梁　烨　屠志娟　魏雪娇　瞿贵祥

摄　　像：（按姓氏笔画为序排列）

马　迅　王昭顺　付　鹏　齐银松　阮红宇

陆振洵　赵　亮　徐　鹏　席　鸣

策　　划：余仁山

配　　音：姚宇军

责　　编：（按姓氏笔画为序排列）

马汝涛　刘小萍　时　瑶　陈忠元　温　娜

监　　制：许　强　陈　杰

总 监 制：李　挺

新征程上

构建新引擎　激发新活力

党的二十大报告对未来5年乃至更长时期党和国家事业发展的目标任务和大政方针进行科学谋划，擘画了新时代中国特色社会主义的宏伟蓝图。《焦点访谈》播出的"新征程上"系列节目，多角度聚焦新征程上我们应该怎么干。

加快构建新发展格局，着力推动高质量发展是全面建设社会主义现代化国家的首要任务。新时代推动高质量发展，我们该怎么干？党的二十大报告中提出，构建新一代信息技术、人工智能、生物技术、新能源、新材料、高端装备、绿色环保等一批新的增长引擎。这些新引擎将如何发挥作用？

在一个5G全连接工厂，一张铁皮变成一台洗衣机只需要38分钟，机器视觉、虚拟仿真各种数字技术深嵌在制造的每个环节。

医院里，正在进行血常规检验的血液样本一旦触发预设规则，就会自动被送往下一台仪器进行涂片、染片，然后进入阅片机进行血液形态学分析，通过人工智能技术进行识别和分类。

近几年，这样的应用场景越来越多地出现在人们的生产生活中。以新一代信息技术、人工智能等为代表的新的增长引擎被写入党的二十大报告。二十大报告在加快构建新发展格局，着力推动高质量发展段落阐述建设现代化产业体系时指出：推动战略性新兴产业融合集群发展，构建新一代信息技术、人工智能、生物技术、新能源、新材料、高端装备、绿色环保等一批新的增长引擎。

清华大学中国发展规划研究院常务副院长 董煜："引擎是动力系统的核心，党的二十大报告提出要构建一批新的增长引擎，实际上是从重构发展动力的角度着眼——为中国经济面向中国式现代化的新征程打造新的动力，提出来的重大部署。"

新一代信息技术、人工智能等产业作为新的增长引擎上升为国家战略的重要组成部分，不仅意味着中国将进一步发挥科学技术在中国产业升级中的引领作用，而且意味着我国确定了未来国民经济发展中牵一发而动全身的关键环节。

中国国际经济交流中心副理事长 王一鸣："这些增长引擎有三个基本的共同特点。第一个就是科技含量高，这些增长引擎涉及很多领域，他们本身就是新一轮科技革命的产物。新的增长引擎的这种发展，是依靠创新驱动的，是需要以巨大的研发投入来作为支撑的。第二个就是带动作用强，新的增长引擎可以通过技术的渗透，带动传统产业的转型升级进而来带动国民经济整体效率的提升。第三个是成长空间大，因为这些增长引擎是新的，它们还处在上升阶段。"

在党的二十大这一重要时间节点提出构建新的增长引擎，对我国国民经济发展有着重要意义。当前，我国正处于新旧动能转换期，房地产以及重化工业等传统增长动能的动力逐渐减弱。随着经济发展迈上新台阶，需要更换动力更加强劲的发动机。寻找并构建新的增长引擎，就成为实现高质量发展的必然要求。

清华大学中国发展规划研究院常务副院长　董煜： "通过构建一批新的增长引擎，实际上是要让战略性新兴产业在中国经济中占据更加重要的地位，也使得经济能够真正实现由创新来驱动发展，使技术科技的力量在中国产业的转型升级中发挥主导作用。构建新的增长引擎，意味着我们要在经济领域构筑一批全新的领域，这些领域是在原有基础上经过这些年探索形成的一些优势产业，对未来整体产业升级，会起到非常重要的拉动作用。"

无论是新一代信息技术、人工智能、生物技术，还是新能源、新材料、高端装备、绿色环保，作为新的增长引擎，它们有一个共同特点，那就是：利用已有的基础优势，来引领未来发展。

作为新一代信息技术的代表之一，虽然5G商用落地只有3年多的时间，但它已经在生产制造、交通运输、气候变化、数字医疗、智慧城市等诸多场景发挥重要作用，深刻改变着人们生产生活的方方面面。而同样作为新一代信息技术代表的工业互联网，如今已经覆盖国民经济45个大类，正加速向实体经济渗透。

现在，5G、工业互联网、物联网等新一代信息技术已经成为国民经济的战略性、基础性和先导性产业，深度融入千行百业，服务千家万户。

中国国际经济交流中心副理事长 王一鸣："信息技术，它渗透到各个领域，从消费领域，到生产领域。现在正在推进的工业互联网建设、人工智能、新的智能制造模式，都是这种渗透带来的。在社会领域，如社会管理，包括城市管理，也是大量运用信息技术。所以，我们说信息技术具有广泛的带动作用。"

党的十八大以来，以习近平同志为核心的党中央把科技创新摆在国家发展全局的核心位置。过去十年，我国科技事业发生历史性、整体性、格局性变化。这些新引擎所涉及的产业也在科技创新的推动下不断向前，在我国的高质量发展中扮演着越来越重要的角色。新引擎的提出，并不是一蹴而就，而是国家根据产业在不同阶段的发展态势，做出的审慎选择。

清华大学中国发展规划研究院常务副院长 董煜："以信息技术为例，这个产业总的领域是不变的，但它会随着这种产业升级内在的要求，本身也在不断升级。也有一些产业，根据自身发展的状况、发展的形势，已进入产业化应用阶段，像人工智能就是这样一个产业。还有一些产业是在整个产业链、工业链升级中迫切需要的基础领域环节，像新材料、新能源、新引擎。在每一个不同的阶段，都要根据经济发展的需要，根据人民生活的需要，去确定不同的侧重点加以推动。"

这些新的增长引擎，未来将会如何发挥作用？党的二十大报告在提出构建新的增长引擎时强调，要推动战略性新兴产业融合集群发展。融合集群概念的提出，为未来新引擎的发展指明了重点方向。

清华大学中国发展规划研究院常务副院长　董煜："融合集群意味着，假设我们在一些产业园区去布局，去推进这些产业的发展，就要看到产业之间的规律，看到产业链之间紧密的耦合关系。有些产业，比如说人工智能，比如说生物技术，看着属于不同的产业，其实随着技术的进步，越来越融合在一起，相互嵌在一起。推进融合发展，其实就能实现这些产业在同一个区域范围内产生更好的化学效应。"

目前，这些新引擎普遍具有前沿效应，并已经形成规模化产业化的应用，但各个领域所处的发展阶段各不相同，有强有弱。

中国航天科工航天三江集团火箭公司总体室副主任　杨跃："快舟十一号的运载能力比快舟一号甲更大，从快舟一号甲的200公斤提升到1吨。同时，它在一次发射里面可以装载更多的卫星进入太空，预计在今年年底发射成功之后，会大规模投入市场。"

当前，世界正在经历新一轮科技革命和产业变革，党的二十大报告中所提出的新增长引擎无一例外是各国之间角力的关键领域，哪个国家在这些领域占领制高点，就会在国际竞争中赢得主动权。

在商业航天领域，作为高端装备的新引擎，运载火箭无疑是各国在这个领域角力的重点。近些年，虽然我国航天事业的发展突飞猛进，但商业航天仍处于起步阶段。

中国航天科工航天三江集团火箭公司总经理　马怀波："党的二十大报告提出，我们要加快航天强国建设。但是航天强国不仅是国家行为的大航天，聚焦国计民生、服务于国计民生端的商业航天占比也很大。要实现商业航天的蓬勃发展，要给用户提供自由、低成本进入空间的能力，这是一个最显著的标志。目前还处于起步阶段。"

从2015年我国发布相关政策支持商业航天发展到现在，这一领域已经初具规模。运载火箭的制造对上游高端零部件加工及原材料行业已经有了明显的带动作用。作为产业链的中游产业，运载火箭下游的商业发射需求强劲，但火箭运力缺口依然很大。

中国航天科工航天三江集团火箭公司总经理　马怀波："要以更大的运力、更低的成本、更高的可靠性为目标，进一步实现在商业航天领域的高水平科技自立自强，这就需要打造人才高地和技术创新高地。"

面对新引擎产业发展状况的参差不齐，我们应该怎么做？在高质量发展阶段，促进新的增长引擎发展，又有哪些新思路呢？

清华大学中国发展规划研究院常务副院长　董煜："这些领域所处的发展阶段还不一样，这就需要在产业政策上更加精准一点。针对不同产业所处的阶段，找到它的短板在哪里，要有针对性地去调整优化政策。一说到产业政策有时候会回到过去的传统思路，政府就多给点钱，多拨点地。要跳出传统的思维方式，用党中央特别强调的系统观念去看待这些新的引擎如何去打造的问题。党的二十大报告中突出强调教育、科技、人才的作用，把它们放在一起，这其实就是一个非常重要的政策信号。"

未来五年是全面建设社会主义现代化国家开局起步的关键时期，新的增长引擎在完成经济高质量发展取得新突破，科技自立自强能力显著提升等目标任务的过程中，将扮演至关重要的角色。如今，发展蓝图已经绘就，新的增长引擎奋力出发。

科大讯飞联合创始人、高级副总裁　江涛："人工智能作为一个引擎的带动性，除了看人工智能企业、人工智能行业本身的发展以外，更重要的是看它对千行百业的带动性。党的二十大首次把教育、科技、人才放在一起单独成章，人工智能重点应用的方向，一定要跟国家战略相符合，为国家战略赋能，真正把人工智能这个科技的新引擎用好，相信人工智能可以创造巨大的价值。"

中国航天科工航天三江集团有限公司副总经理　钱微："积极联手国内的其他民营商业航天企业，和他们一起发挥在商业航天领域的效率优势。构建上下游的产业链体系，打造航天产业的生态圈，积极推动航天产业集群化发展，共同做大做强，为国家的航天产业积极作贡献。"

从信息技术、人工智能，到新能源、新材料，这些新的增长引擎既是我国经济高质量发展的强劲动力，也是科技自立自强的重要抓手，不仅将助力我国推进新型工业化，而且将改变千家万户的生活。接下来，这些战略性新兴产业如何瞄准世界科技革命和产业变革方向，充分激发自身活力潜力，各行各业如何与新引擎耦合关联，让经济发展呈现爆发式增长，值得期待。

《焦点访谈》 2022年11月23日《新征程上——构建新引擎　激发新动力》
https://tv.cctv.com/2022/11/23/VIDEGICHzVo0HnXcVotTXJLG221123.shtml

乡村振兴　全面推进

　　党的二十大闭幕后，习近平总书记第一次外出考察，前往陕西省延安市和河南省安阳市。在考察中，习近平总书记强调，全面建设社会主义现代化国家，最艰巨最繁重的任务仍然在农村。要全面学习贯彻二十大精神，坚持农业农村优先发展，发扬延安精神和红旗渠精神，巩固拓展脱贫攻坚成果，全面推进乡村振兴，为实现农业农村现代化而不懈奋斗。新征程上，实现农业农村现代化，我们要怎么干？

　　踏上新征程，农业农村的发展，农民的福祉，依旧是需要重点关注的问题。

　　党的二十大报告提出要"全面推进乡村振兴"，这是对十九大报告中"实施乡村振兴战略"的进一步发展，也是一个大国大党对加快建设农业强国的深远谋划。

　　国务院发展研究中心研究员　叶兴庆："党的二十大报告用全面推进乡村振兴来统领我们党未来一个时期的'三农'工

作。一个就是乡村振兴的内容是全面的，'五位一体'总体布局产业振兴、人才振兴、组织振兴、文化振兴、生态振兴。还有就是，以前是一部分地区在打脱贫攻坚战，一部分地区在推进乡村振兴，现在是所有的地区都要把'三农'工作的重心转向乡村振兴。"

中国作为人口大国，粮食安全至关重要。党的二十大报告从全面推进乡村振兴的角度，再次强调粮食安全的重要性，提出要"全方位夯实粮食安全根基"。这是党中央根据国内外形势做出的科学而具有深远意义的决策。

中国人民大学农业与农村发展学院党委书记、教授　吕捷："虽然说我们中国粮食连续增产，但是中国的粮食供求紧平衡的状态没有改变。在整个国际粮食市场中会有一些不确定因素冲击，在这样一种有不确定性的大环境下，我们需要有这样一个非常牢固的粮食安全压舱石，来保证中国经济、社会稳步发展。"

全方位夯实粮食安全根基，首先就要筑牢种业基石，培育优质可靠的种子。党的二十大报告强调，"深入实施种业振兴行动"。近年来，我国的育种工作取得显著成效。在国家南繁科研育种基地，这项工作更是呈现出一番新气象。

每年冬天，全国800多家科研院所、高校和企业的7000多名农业专家就会来到南繁科研育种基地，利用海南独有的气候加速育种过程。

肖春雷是三亚市热带农业科学研究院的一名高级农艺师，在南繁科研育种基地做了多年的育种工作。现在，为了让育种的科研成果更好地服务于乡村振兴，当地政府和基地开展了更深入的合作。肖春雷也在三亚市农业农村局推荐下，来到当地的那受村，做了驻村第一书记。

到那受村后，肖春雷为村里引进基地培育的高产水稻新品种，种了900多亩。一季过去，水稻的收成很不错。

海南三亚育才生态区那受村驻村第一书记　肖春雷："这个品种有一个特性，是比较抗细菌性。我们这边高温高湿，大多数品种的晚稻亩产大概在七八百斤，这个品种的晚稻亩产可以达到1000斤到1100斤，要比往年种的品种每亩增加300斤。"

2023年，那受村会继续扩大新品种的种植面积，让村民获得更多收益。

而作为种业振兴的强力支撑，南繁科研育种基地已经为累计超过62万人次的科研工作者提供育种和制种保障。在我国已审定的4.9万个主要农作物品种中，70%以上都经过南繁培育，中国人正在努力攥紧中国种子。

海南省南繁管理局副局长　郭涛："从杂交水稻、高产玉米到抗虫棉花等南繁品种的科技含量在不断提高。杂交水稻育种技术已经处于世界领先水平。"

中国人民大学农业与农村发展学院党委书记、教授　吕捷："我们常说种子是农业的芯片，种业行业、种业科技在相当长一段时间内是相对滞后的。通过种业振兴战略可以使粮食安全，尤其是粮食增产有更大的发展空间。"

要想种好粮、提高农民收入，不仅要培育优质种子，还要建设优质农田。

那受村位于三亚东部山区，农田灌溉设施落后，粮食生产受到影响。

为了补齐农业基础设施落后这块短板，当地政府近两年一直在平整土地、打通道路、修建排水灌溉设施上下功夫，逐步将农田建设成现代化的高标准农田，这也是村民们一直期待的事。

海南三亚育才生态区那受村驻村第一书记　肖春雷："村民们很关心这个事，有建成的他们也去看过，跟我反映都觉得非常不错。农民种田一个是水，一个是地的问题。高标准农田要是建好了，农业机械化和灌溉就更方便了。"

民有所呼，必有所应。党的二十大报告中关于如何"全方位夯实粮食安全根基"，其中一项重要举措就是"逐步把永久基本农田全部建成高标准农田"。这是国家发展农业的统一规划目标，体现了党中央对国情农情的深切洞察。

中国人民大学农业与农村发展学院党委书记、教授　吕捷："虽然我们耕地总量比较大，但是在相当长一段时间内，在部分地区用地不养地，粗放型利用土地，这造成土地质量的不断下降。通过建设高标准农田这样的一种有效措施，在现有的耕地总量相对固定的前提下，能够使粮食增产有更大的提升空间。"

围绕党的二十报告中关于"全方位夯实粮食安全根基"的明

确规划，新时代的粮食安全工作正在稳步推进。

2022年，中央财政提前下达耕地地力保护补贴1205亿元，继续提高小麦、稻谷最低收购价，先后下拨实际种粮农民一次性补贴400亿元。到2022年年底，全国累计建成10亿亩旱涝保收的高标准农田，保障粮食产能1万亿斤以上。中国人的饭碗牢牢端在了自己手中，广袤的乡村散发无限生机和活力。

为了全面推进乡村振兴，在夯实粮食安全的基础上，还要让广大农民有更多的收入。因此，党的二十大报告强调，"发展乡村特色产业，拓宽农民增收致富渠道"。

在云南昆明盘龙区中所村的有机蔬菜种植基地里，种植小组组长段以鸿正在指导工人们拔掉长势不好的菠菜幼苗，以保证蔬菜有充足的空间和养分，能够高质量生长。

段以鸿是土生土长的中所村人，因为中所村是昆明市饮用水源保护核心区，为了保护生态环境，过去村里一直没有找到合适的发展产业，很多年轻人只能外出务工，段以鸿就是其中之一。

三年前，段以鸿听说村里正在发展有机蔬菜种植产业，建起了一个四千多亩的种植基地，正缺人手，于是他决定回村工作。

云南省昆明市盘龙区中所村村民　段以鸿："在外面打拼不是那么很容易的，收入比较低，而且常年不回家，照管不了父母和孩子。于是就选择回来，这儿离家比较近，基本上月收入五六千左右，吃喝都在家里，也没有什么大的开支。"

回来后，段以鸿发现，自己在基地种菜，已经完全不同于父辈们的耕作方式，自己成了一个现代化的新农人。

在这个有机蔬菜基地，每一种菜都有一份"养护说明书"。一颗种子要埋多深、菜苗之间距离多宽，每一项耕作都有精确的标准。蔬菜被采摘下来后，会送往生产车间进行精细化处理，再统一包装，贴上有机蔬菜的标识，成为优质品牌农产品。这样的蔬菜卖价高、销路好，这让村民们看到了发展现代化有机农业的巨大潜力。

小小的有机蔬菜，成了引领中所村乡村振兴的特色大产业。

中国人民大学农业与农村发展学院党委书记、教授　吕捷："党的二十大报告明确指出发展乡村特色产业，目前各个地区都在探索适合本地区发展的产业。但总体来说，乡村产业发展规模小、布局散、同质化现象比较严重。我觉得核心就是要进一步拓宽和延伸产业链，向二产和三产去延伸。比如说，农产品从地里挖出来是一个价，洗干净做包装是一个价，加工成特色农产品又是一个价。那么，每一个环节都会带来更高的经济附加值。"

刘良超是一家大型商超的采购人员。2022年2月份，这家商超与中所村的有机蔬菜种植基地达成了合作，商超会对店里蔬菜的销售数据实时统计和分析，预测出下一季顾客喜欢什么种类的蔬菜以及销售量是多少。然后，商超会根据这些信息定制一份精确的订单。中所村的蔬菜基地只要按照订单种植，就能保证稳定的销量，从基地摘下来的菜会在18小时后统一送到城里的超市货架上。这样的现代化供需合作模式，让消费者吃得放心，也让农民种得安心。

国务院发展研究中心研究员　叶兴庆："昆明的这一个案例，启示农业利用信息化、智能化的技术，对传统产业进行升级改造，使农产品生产更好地适应城市居民对高质量绿色产品新的需求，体现农业现代化的新时代特征。"

当今的中国乡村处处具有无限潜力，而信息化、智能化技术就是发展的强大动力。以此为引擎，构建起现代化农业的多层次发展模式，党的二十大报告中所提出的"全面推进乡村振兴"，大有可为、前景广阔。

云南省昆明市盘龙区农业农村局局长　鹿传奇："盘龙区将引导企业利用它们的市场优势，结合周边村庄的种植优势，拓展产业规模，形成有机蔬菜'一村一品'。"

现在，中所村越来越多在外务工的年轻人都回到村里，在基地当起现代化新农民，整个村子又充满活力。党的二十大报告擘画的乡村振兴蓝图，让中所村有了更清晰的发展方向、更美好又充满希望的未来。

党的二十大报告提出，要加快建设农业强国，扎实推动乡村产业、人才、文化、生态、组织振兴。农业强国的强有着丰富的内涵，不仅要全方位夯实、做强粮食安全这个根基，确保中国人的饭碗牢牢端在自己手中，而且农业科技装备、经营体系、产业韧性都要强起来。不仅农业要强，还要建设宜居宜业和美乡村，让农村变得更强，让农民变得更富，就地能过上现代文明生活。中国式现代化的农业、农村、农民，大有可为。

《焦点访谈》 2022年11月24日《新征程上——乡村振兴　全面推进》
https://tv.cctv.com/2022/11/24/VIDEQymVqynEEXeFm9DytAk7221124.shtml

科教兴国还需人才支撑

党的二十大报告将教育、科技、人才作为专章阐述，第一次把科教兴国、人才强国、创新驱动发展三大战略放在一起统筹安排、一体部署，引发各界关注。二十大报告指出，教育、科技、人才是全面建设社会主义现代化国家的基础性、战略性支撑。必须坚持科技是第一生产力、人才是第一资源、创新是第一动力，深入实施科教兴国战略、人才强国战略、创新驱动发展战略，开辟发展新领域新赛道，不断塑造发展新动能新优势。言之凿凿，意之深深。

党的二十大报告第一次系统地把教育、科技、人才放在一起论述，有着怎样的深意呢？

清华大学中国发展规划研究院常务副院长　董煜："这次把教育、科技、人才这三个部分放在一起，凸显党中央对人作为发展的最主要动力的高度重视。把科学技术这第一生产力，把人这第一要素，以及把创新这第一动力合到一起，让它们能够发挥1+1+1

大于3的作用。"

党的二十大报告强调，我们要坚持教育优先发展、科技自立自强、人才引领驱动。

这三者之间的内在联系，决定它们可以实现相互促进，协同发展。而在社会主义现代化建设的新征程上，三者的统一部署也具有深刻的时代意义。

清华大学中国发展规划研究院常务副院长　董煜："现在国际国内的环境，客观上决定了我们需要构建新型举国体制，需要推进科技自立自强，打造一支坚强有力的国家战略科技力量。而国家战略科技力量，除了机构的支撑和体系制度的支撑之外，最核心、最重要的是要有一支有战斗力的科技人才队伍。"

人工智能，就是一门能够对很多新兴产业发展产生深远影响的前沿学科。近年来，我国智能经济蓬勃发展，相关产业规模快速增长，但是在核心技术层面，仍然存在着一定的差距。

朱松纯是从事通用人工智能研究的专家，2020年，在美国工作多年的他回到国内，希望能够推动我国在通用人工智能研究领域实现进一步发展。

北京通用人工智能研究院院长　朱松纯："从布局上讲，之前我们属于一个跟随的状况。发达国家底层的软件、硬件、体系结构都已经形成，'卡脖子'的问题已经出现。党的二十大报告提出，以国家战略需求为导向，集聚力量进行原创性引领性科技攻关，坚决打赢关键核心技术攻坚战。说的是国家到了一个新的历史发展阶段，这个历史阶段里面必须做从0到1的东西，而不是原来的从1到3，从3到N。"

想要实现从零到一的突破，就需要人才的支撑。那么，作为第一资源的"人才"，如何储备，如何集聚？党的二十大报告指出："要深化人才发展体制机制改革，真心爱才、悉心育才、倾心引才、精心用才，求贤若渴，不拘一格，把各方面优秀人才集聚到党和人民事业中来。"

想要打赢科技攻坚战，首先需要一个过硬的团队。在北京市有关单位的支持下，朱松纯开始筹建北京通用人工智能研究院，而这个消息引起很多海内外科研人员的关注。

北京通用人工智能研究院研究员 杨耀东："博士毕业以后，我在伦敦国王大学信息学院任助理教授。得知朱松纯老师加入北京大学，担任人工智能研究院的院长，我开始关注他。我想着这样一位科学家回国建设祖国，我也想为我们国家的通用人工智能献出一份力量。"

过去两年，北京通用人工智能研究院共引进30多位像杨耀东这样海外名校毕业的博士生。对于这些研究人员来说，能否继续并且持续在自己专注的细分领域做研究，是他们最为关心的事情。而北京市在这方面做出了充分的体制机制改革和创新，赋予战略科学家人、财、物自主权和科研技术路线的决定权。

北京通用人工智能研究院常务副院长 董乐："根据自身的发展任务目标，来决定需要引进什么样的人才，让用人单位自己来决定。自己决定怎么用资源，把它用好，同时让大家都满意，我觉得有这样一些根本性的改变。"

此外，北京市在人才落户政策和待遇上，也提供了灵活优厚的条件，让科研人员在充分发挥才能的同时，免去了很多生活上的后顾之忧。

北京通用人工智能研究院、常务副院长　董乐："他的家庭情况的安排，包括子女的一些后顾之忧，都给他解决了。所以在这块儿，衣食住行不需要额外花时间去解决，可以让每一个海外回来的人员，能够以非常高效的速度融入环境。"

既能延续自己在人工智能细分领域的研究，又可以和其他领域的优秀人才交流碰撞，在通用人工智能研究院这个综合平台之上，人才聚合的作用开始显现。

北京通用人工智能研究院前沿研究中心联席执行主任　刘航欣："人工智能分成了计算机视觉、自然语言、认知、机器人等六大领域。通用人工智能研究院相当于搭起了更大的一个平台，我们在每一个方向上面都能有一个比较充足的科研力量。大家在同一栋楼里，如果有需要的话，可以根据不同的领域进行结合，共同去攻关一些前沿的科学问题。这是我觉得这个平台最有吸引力的地方。"

打造人才队伍，一在吸纳，二在培养。党的二十大报告提出："加快建设国家战略人才力量，努力培养造就更多大师、战略科学家、一流科技领军人才和创新团队、青年科技人才、卓越工程师、大国工匠、高技能人才。"

对于前沿科技领域，除了引进来之能战的人才，还需要培养更多的新鲜血液。通用人工智能的终极理念，就是要赋予机器感知、认知，决策、行为和执行等一系列综合能力，这就需要培养拥有交叉学科知识的专业人才。

北京通用人工智能研究院院长　朱松纯："我们读书的时候没有人工智能这个专业，我们学的都是各是各的，都是干的单点的东西，看的是局部的或者某个层面上的一个技能，没有全局的观念。要形成新的学科、新的人才培养体系，必须构建自己的专业本、硕、博培养体系。"

为了打造国内人工智能领域的人才梯队，朱松纯在北京市各有关单位的支持下，开设了通用人工智能实验班。他组织20多位跨学科专家，重新梳理学科内容，为实验班打造一套符合时代需求的课程体系，同时面向清华和北大两所顶尖学府的在校生进行二次招生。

刘宇在2020年以高考本省前五的优异成绩，考上了清华大学自动化系。大一下半学期，他通过面试成为通用人工智能实验班的第一批学生，开始系统地学习通用人工智能所涉及的交叉学科，同时参与到研究院的科研活动中。

通用人工智能实验班学生　刘宇："我觉得来通用人工智能研究院这边实习做科研，对于本科生来说算是很宝贵的机会。通用人工智能研究院给我们分配的导师，很多其实都是朱老师的博士生，他们懂得特别多，对我们指导也特别认真。我觉得这个对我帮助特别大，真的有个人能够领你进科研的门。"

加入实验班两年之后，刘宇已经开始向国际级的人工智能会议递交论文，并且取得不错的评分，有望发表。而这种学习和研究相结合的模式，受益者并不只有学生本人。

杨耀东如今除了研究员的身份之外，还是实验班的老师，看到越来越多的年青人加入到人工智能的研究中，他对自己的科研目标也越来越有信心。

北京通用人工智能研究院研究员 杨耀东："要从事相关领域的尖端研究，一个重要的要素就是人才。有一个非常好的人才培养机制，对于我们做出世界一流的科研是非常重要的。"

2022年9月，教育部正式将智能科学与技术、遥感科学与技术等学科，加入教育学科专业目录。这符合党的二十大报告中"加强基础学科、新兴学科、交叉学科建设"的要求。

前沿科技领域有了这些量身打造的教育体系支撑，就能够涌现出更多的人才，从而提供源源不断的动力。

北京通用人工智能研究院院长 朱松纯："科技的背后就是人才，没有人才就没有科技。必须是顶尖的人才，而且是有国际视野、有人文情怀的人才。教育的体系要来支撑人才，人才支撑科技，科技支撑国家的战略，这是一个层次化的布局。"

通用人工智能研究院这种产学研相结合的发展模式并不是个案。党的二十大报告指出："要加快建设世界重要人才中心和创新高地，促进人才区域合理布局和协调发展，着力形成人才国际竞争的比较优势。"

针对作为"第一资源"的人才，北京市出台《人才五年行动计划》，加快引进各类人才。同时，依托本地优质的教育资源，逐步形成人才集聚发展的良好环境。在此基础上，北京市以中关村科学城、怀柔科学城、未来科学城为科学研发主阵地，通过北京经济技术开发区进行科技成果转化，着力打造北京国际科技创新中心。用不足全市6%的土地面积，贡献约三分之一的地区生产总值。大力推进原始创新和底层技术攻关，为有效解决重点领域的"卡脖子"问题提供了源头支持。

清华大学中国发展规划研究院常务副院长　董煜："打造国际创新中心，实际上是在区域领域去推进以企业为主体的产学研深度融合的生动实践，为落实党的二十大关于创新链、产业链、资金链和人才链'四链融合'这个重大部署提供更好的载体。它使各种优势资源能够更好组合和配置，使教育资源、科创企业都能够发挥出更好的作用。"

党的二十大报告指出："要完善党中央对科技工作统一领导的体制，健全新型举国体制，强化国家战略科技力量，优化配置创新资源，统筹推进国际科技创新中心、区域科技创新中心建设。"

在党中央决策部署之下，除了北京国际科技创新中心之外，上海国际科创中心，粤港澳国际科创中心，以及一些区域科创中心的建设都在逐步推进。依托当地优势资源，进一步加强教育、科技和人才的深度融合，实现"全国一盘棋"的协同发展。

清华大学中国发展规划研究院常务副院长　董煜："每一个地方都要看到自己的优势在哪里，自己的短板在哪里，也就是说要把人才作为供应链当中最重要的一环，把人才作为每一个地方发展最重要的资源。比如，长三角就有很多先进制造业在那里。珠三角地区，像在深圳这样的地方，它的数字产业非常发达。在这些地方有针对性地去配备具有更加专业技能的人才，使得这些地方的人才能够为这些地方落实国家对它的产业发展、经济发展定位去提供更好的支撑条件。"

科教兴国战略、人才强国战略、创新驱动发展战略都是党中央提出的需要长期坚持的国家重大战略，也都是事关现代化建设高质量发展的关键问题。深入实施科教兴国战略，既要把握好教育、科技、人才之间的有机联系，又要讲究协同配合、系统集成，共同塑造发展的新动能新优势。千秋基业，人才为本。我们只有吸引人才、留住人才、培养人才、用好人才，才能更好实现科技自立自强、创新驱动发展，把绘就的美好蓝图变为现实。

《焦点访谈》 2022 年 11 月 25 日《新征程上——科教兴国还需人才支撑》
https://tv.cctv.com/2022/11/25/VIDEUpzcpDMv6qH5hivGlGqH221125.shtml

从"有"到"优" 品质生活

党的二十大报告为我们描绘了以中国式现代化全面推进中华民族伟大复兴的宏伟蓝图，其中，以人民为中心的发展思想贯穿始终，提出要"增进民生福祉，提高人民生活品质"。十年来，人民群众获得感、幸福感、安全感更加充实、更有保障、更可持续。在新征程上，人民对美好生活的需求将会更加丰富多样。那么，我们如何不断满足人民群众对品质生活的要求？各地都有哪些探索呢？

治国有常，利民为本。党的二十大报告提出，要"增进民生福祉，提高人民生活品质"，强调"为民造福是立党为公、执政为民的本质要求"。

清华大学习近平新时代中国特色社会主义思想研究院院长 艾四林："党的二十大报告把民生问题提高到了非常高的位置。'提高人民生活品质'这个命题的提出，也反映了我们国家经济发展进入一个高质量发展阶段的必然要求。"

生活品质有着丰富的内涵，不仅包含客观物质保障，而且包括主观感受，也就是对于各类服务水平的满意程度。因此，"提高人民生活品质"也就意味着民生保障的更高层次，这也正是推动高质量发展与创造高品质生活的有机结合。

清华大学习近平新时代中国特色社会主义思想研究院院长 艾四林："民生领域的高质量是体现在多维度的，我们生活的环境、生活的条件以及生活的服务水准等。过去可能大家更关心的是有没有，今天老百姓关心的是质量、品质究竟怎么样，更多体现的是好和优的问题。"

党的十八大以来，以习近平同志为核心的党中央高度重视保障和改善民生。我国建成世界上规模最大的教育体系、社会保障体系、医疗卫生体系，为"提高人民生活品质"奠定坚实的基础。如何更进一步做到"从有到优"？在党的二十大报告中，习近平总书记指出，必须坚持在发展中保障和改善民生，鼓励共同奋斗创造美好生活，不断实现人民对美好生活的向往。

中国人民大学人口与发展研究中心副主任 宋健："在党的二十大报告中主要提到了在发展中来解决现在的民生保障问题，第一个是中国的发展进入新阶段，国家更有能力来实现自己的初心使命；第二个方面是在过去的十几年里，我们越来越感受到民生实际上是一揽子工程，从出生到教育、就业、住房、养老，现在把所有这些问题都放在同一个篮子里，希望能够一揽子来解决。从供给和需求两个层面来看，都是生活会越来越好。不仅是要求提高了，满足这个要求的能力也在提高。"

民生问题纷繁复杂，但说到底就是做好千家万户的事儿，让老百姓更有获得感、幸福感、安全感。党的二十大报告强调，"深入群众、深入基层，采取更多惠民生、暖民心举措"。

在浙江省杭州市三墩镇民生综合体的健身室内，一场激烈的乒乓球赛正在进行着。

浙江省杭州市西湖区三墩镇兰里社区居民宋丽说，这其实并不是真正的比赛，和她一起打球的都是附近社区的居民。

近年来，杭州市西湖区开展了建设"15分钟幸福生活服务圈"计划，注重快速抵达、使用率高、实用性强、体验多元。三墩镇的民生综合体就是其中之一。在这里，不仅有健身室，而且设置了书房、画室、便民驿站等。

浙江省杭州市西湖区三墩镇公共服务中心副主任 马晓燕："对生活品质的追求、对美好生活的向往，这是幸福感的一个体现。老年人在这里可以阅读、可以学习、可以锻炼，小朋友在这里可以玩耍，有创业意愿人员，可以在这里学习、创业。全周期的人群，都能够享受一个高品质的生活空间。"

硬件设施建设好了，这只完成了第一步，要让居民满意，服务也得跟得上。

浙江省杭州市西湖区三墩镇颐兰社区居民 徐朗："刚刚建设好的时候，有些地方不符合专门的球场标准。我们一边打球一边向他们提出要求。例如，窗帘以前是白的，因为打球反光，换成灰色的；原来一个灯亮度不足，后面加了几个灯。"

浙江省杭州市西湖区三墩镇公共服务中心副主任　马晓燕："很多地方也有民生的公共空间，但是建好之后没人去。我就会觉得首先服务肯定没到位，这个公共空间没有给居民家的感觉、家的温暖。所以说，我们在服务上要特别花心思。"

依照居民需求完善功能，把服务做到位，才能让好政策真正起到好效果，这正是党的二十大报告中所强调的"提高公共服务水平"的重要意义。

清华大学习近平新时代中国特色社会主义思想研究院院长　艾四林："由于高质量的发展所提出的高品质生活，对党员干部要求就更高了。一方面，过去一些好的办法、好的做法，还需要进一步延续、进一步提升；同时要结合新的情况，创造新的办法，做新的探索，这样才能提升服务质量。"

人民对美好生活的需求更加丰富多样，如何真正提升居民的生活品质？这对下一步民生工作的落实、落细提出更高的要求。

中国人民大学人口与发展研究中心副主任　宋健："在这个新阶段，人民群众日益增长的对美好生活的需要更多元化，要能够让人们不仅活得舒服，而且能够活得舒心。舒服是物质层面的，舒心应该是精神层面的，需要我们想得更细致、做得更多。"

让老百姓过得更舒适、更舒心，需要深入群众、深入基层，在工作中认真倾听不同声音和需求。

浙江省杭州市西湖区三墩镇水秀苑社区居民　李宝珠："我是

特别焦虑的妈妈，所有的心思都放在孩子身上，什么都管他。你应该几点干什么、你应该干什么、你几点睡，都是包办的，家里也有压力，也不舒服。"

过度关心，不仅加大孩子的压力，而且让李宝珠与家人的关系越来越紧张。一次偶然的机会，她向社区工作人员倾诉了自己的难题，让她没想到的是，社区把这件事儿放在了心上。

浙江省杭州市西湖区三墩镇公共服务中心副主任　马晓燕："结合我们现有的资源，拓展了一些工作思路，有一个放松的空间可以交流，通过各种方式来解决这个问题。"

社区在民生综合体专门开辟空间，让社区居民可以互相进行交流，还请来心理咨询师为有需要的居民进行心理疏导。

浙江省杭州市西湖区三墩镇水秀苑社区居民　李宝珠："我觉得我的孩子阳光了、自由了，我自己也阳光了、自由了。我们能感受到幸福、能感受到快乐，这就是品质。"

能够整合、优化、调整小而散的公益服务事项，形成一个相对集中、功能完善的民生综合体，无疑是一个好办法，但对于大多数地区来说，并不具备这样的场地和条件，而很多似这样的民生问题，各地情况均有不同。党的二十大报告专门提出，要"紧紧抓住人民最关心最直接最现实的利益问题，坚持尽力而为、量力而行"。

清华大学习近平新时代中国特色社会主义思想研究院院长　艾四林："党的二十大报告提到'尽力而为、量力而行'，就是说我们国家很大，我们是一个大国，各个地区发展水平是不一样的，所以这个时候各个地方要结合自己的省情、县情，来谋划好在新时代怎么去量力而行，提升生活品质，而不能'一刀切'和'一窝蜂'，不能按照一个模式、按照一个标准来做。"

在离三墩镇民生综合体不远的翠苑四区，也在进行着"15分钟幸福生活服务圈"的探索。翠苑四区建设于上世纪80年代，常住人口6000多人，其中60岁以上的老年人1800多人。对于这样的人口高龄化的老旧小区来说，很多家庭"最关心最直接最现实的问题"是老年人的生活起居问题。

浙江省杭州市西湖区翠苑四区社区居民 张琴书："这儿的饭比较软，这个菜我都能嚼，太硬的我嚼不动。"

中午，翠苑四区居民张琴书正和女儿在社区的老年食堂用餐。张琴书老人今年94岁了，平时都是女儿在照顾，赶上女儿有事儿过不来，一日三餐就成了他们一家最发愁的事儿。

几年前，翠苑四区社区曾经试点开办小型的老年食堂，但是，食堂面积小，可选择的种类也少，运营情况并不理想。

浙江省杭州市西湖区翠苑四区社区党委书记 杨桂芳："那时候食堂比较小，只有24.84平方米，给老年人也只提供一餐，满足不了老年人的需求。"

老年人多是社区的现实，用餐难的问题解决不了，就更谈不上提升生活品质了，社区工作人员开始着手解决这个难题。

浙江省杭州市西湖区翠苑四区社区党委书记 杨桂芳："现在

光是老年食堂就餐的面积，就差不多300余平方米，这样一改造之后，整体的环境比较好了。"

新食堂宽敞明亮，能够容纳更多老年人用餐，还按照年龄层给予优惠，但面积扩大、用餐环境改善只是食堂的基础，要提升品质，必须把这项工作做细、做精。

浙江省杭州市西湖区翠苑四区社区党委书记 杨桂芳："老年人是要讲品质生活的，从营养学上面来讲，饮食要避免重油，这些我们都考虑到了。"

为了让老年居民有一个更舒适的环境，翠苑四区还建设有养老服务中心，不仅有老年活动室、老年阅览室，而且提供养老床位等。根据杭州西湖区民生综合体的规划要求，翠苑四区社区正在逐渐完善社区服务功能，希望满足不同年龄层居民的需求。

浙江省杭州市西湖区翠苑四区社区党委书记 杨桂芳："就医、看书，我们尽可能满足一样就是一样、成熟一样做一样，就是一步一步来。"

像这样的"15分钟生活圈"，目前很多地方正在建设中，努力实现公共服务均衡化布局。

在党的二十大报告"增进民生福祉，提高人民生活品质"篇章中，不论是增加低收入者收入，还是完善劳动者权益保障制度，或是完善基本养老保险全国统筹制度，又或是促进优质医疗资源扩容和区域均衡布局，每一桩每一件都是从人民最关心、最直接、最现实的利益出发，帮群众解难题、为群众增福祉、让群众享公平。

清华大学习近平新时代中国特色社会主义思想研究院院长 艾四林："民生的提升是无止境的，是永远在路上的，没有终点的。但是必须意识到，我们有责任、有义务不断去推动民生改善，让老百姓真正能够从改革发展中受益。衣食住行年年在发生变化，而且是不断向更高的层次在发展，老百姓对党更有信心、对国家的前途更有信心。"

翻天覆地的变化，映照着过往的付出，启迪着未来的奋斗。翻开党的二十大报告，从办好人民满意的教育到加强困难群体就业兜底帮扶，从健全社会保障体系到推进健康中国建设，从各个领域做出详细部署，不断增进民生福祉，提高人民生活品质。民生无小事，枝叶总关情。坚持在发展中保障和改善民生，共同奋斗，不懈奋斗，我们对于高品质的生活愿景，才会一步步化为生动可感的现实。

《焦点访谈》 2022年11月26日
《新征程上——从"有"到"优" 品质生活》
https://tv.cctv.com/2022/11/26/VIDEjV6T2aXz6SEpf1r5VrxZ221126.shtml

绿色：高质量发展的底色

习近平总书记在党的二十大报告中强调："必须牢固树立和践行绿水青山就是金山银山的理念，站在人与自然和谐共生的高度谋划发展。"这是立足我国进入全面建设社会主义现代化国家、实现第二个百年奋斗目标的新阶段，对谋划经济社会发展提出的新要求。发展是党执政兴国的第一要务，如果没有坚实的物质技术基础，就不可能全面建成社会主义现代化强国。新征程上，如何统筹好经济发展和生态环境保护建设的关系？中国经济又将如何实现绿色发展呢？

河北省迁安市是钢铁重镇，其铁矿石资源总储量达27.2亿吨，位居全国县级城市首位。高峰时钢铁、矿山两大行业贡献了全市92%的工业增加值和70%的税收，然而一钢独大、大而不强的生产格局，高能耗、高污染的生产方式，带来的问题也日益凸显。转型，势在必行。

河北省迁安市发展和改革局党组书记、局长　毛泽平："2013

年以来，全市精品钢材比重由10%提高到38%，耗钢能力突破千万吨。"

长期以来，一些地方在发展过程中走的都是先污染后治理的路子。党的十八大以来，在新发展理念指引下，我国坚定不移走生态优先、绿色低碳发展道路，着力推动经济社会发展全面绿色转型，既要发展，也要环境。

中国社会科学院习近平生态文明思想研究中心秘书长　黄承梁："要形成一个越保护越发展、越发展越要保护的动态闭合圈。为什么讲越保护越发展呢？这是由绿水青山的生态属性决定。习近平总书记指出，人不负青山，青山定不负人。实质上这破解了西方社会300多年以来工业文明关于发展和保护的二元悖论。"

坚持绿色发展是发展观的一场深刻革命。党的二十大报告指出："必须牢固树立和践行绿水青山就是金山银山的理念，站在人与自然和谐共生的高度谋划发展。"也就是说，在发展过程中，要统筹好经济发展和生态环境保护建设的关系。保护生态环境就是保护生产力，改善生态环境就是发展生产力。

中国人民大学习近平新时代中国特色社会主义思想研究院副院长　王向明："因为我们原来欠账比较多，所以更多还是强调保护。比如说，退耕还林等，这样一些保护性措施会多一些，是符合辩证法的。在处理一个事物发展的过程中，总是从低级到高级发展，先解决比较急的问题。我们的保护现在经过十年，取得巨大成就，为今后进一步的绿色发展奠定了基础，铺平了道路。我们将从主要以保护为主，变为保护和发展并重，而且更重要的是，以发展为目的来推动未来的经济增长。"

党的二十大报告指出，要实施全面节约战略，发展绿色低碳产业，倡导绿色消费，统筹产业结构调整、污染治理、生态保护、应对气候变化，加快发展方式绿色转型。

钢铁行业是河北工业转型升级和大气污染治理的主战场。近日，河北省印发《全省钢铁企业环保绩效全面创A工作方案》，提出利用3年时间实现钢铁企业全面创A，引领全省工业企业深度减排、绿色转型和高质量发展。

河北省节能协会副会长　刘培铖："经初步测算，河北的钢铁行业全面实现超低能耗改造后，可减少污染物排放30%以上，可以为河北全省工业减排贡献12%以上。"

发展绿色低碳产业，倡导绿色消费，仅仅零排放、零污染是远远不够的，还要做到变废为宝。党的二十大报告指出："实施全面节约战略，推进各类资源节约集约利用，加快构建废弃物循环利用体系。"

中国社会科学院习近平生态文明思想研究中心秘书长　黄承梁："作为一个传统的重化工业，如何走向绿色低碳循环转型，这是产业的生态化。如何实现生态产业的常态化、生态产业化，这是在新时代新征程上贯彻新发展理念、坚持高质量发展的一个根本性要求。"

在首钢迁安钢铁厂，原料燃料与固废物资全部入仓入棚封闭运行，钢渣、粉煤灰等固废利用和处置率接近100%。

2022年4月，首钢股份公司迁安钢铁公司又把目标放在处理难度更大的钢渣上，并与北京科技大学合作，将钢渣与矿渣、脱硫石膏等工业固废综合配比，研发出一种复合粉。这种新型建筑材料，可广泛用于工程建设中。

首钢股份公司迁安钢铁公司制造部铁前室副主任　郑志辉："过去，有的同行企业把矿渣当废料进行了填埋，费工费时搭运费。目前迁安金隅首钢环保科技有限公司规划设计年产100万吨的矿渣微粉和60万吨的钢渣微粉，按照计划将于今年建成投产，经测算年利润可达2000万元。"

产业的绿色转型，不仅降低了能耗，而且也提高了经济效益。实践表明，生态环境保护和经济发展是辩证统一、相辅相成的。加强生态环境保护，能够引领和倒逼发展方式绿色转型、实现高质量发展，而促进经济社会发展全面绿色转型，是解决我国生态环境问题的基础之策。

党的二十大报告指出："坚持精准治污、科学治污、依法治污，全面实行排污许可制，健全现代环境治理体系。"

传统纺织业是典型的高能耗、高水耗、高污染行业，特别是纺织品染整过程中，会产生大量的废水、废渣。对以纺织业为主要产业的地区来说，水污染都是必须解决的难题。

福建石狮是我国一座纺织名城，其中，印染行业年产能达45亿米，占全国服装面料染整产量10%左右。印染废水中，含有染料、油剂、纤维杂质和无机盐等，有机污染物含量高、碱性大，污染处理难度大。所以，要从根本上解决纺织印染造成的水污染，不仅要有相关部门对排污进行严格管理，更要依靠印染技术的不断升级。

2017年，邱振辉所在的企业投入3000多万元，建成一套污水处理系统。通过不断的改造升级，污水处理能力得到大幅提升。

福建省石狮市新祥华染整发展有限公司厂长　邱振辉："第一杯原水是我们车间生产出来的低浓度废水，它的cod（化学需氧量）在2500左右，这个水我们是全程回收处理。第二杯经过浅层气浮池处理以后，它的cod（化学需氧量）降到600—700之间。第三杯经过生化处理以后，它的cod（化学需氧量）降到100—150之间。第四杯经过两道膜处理以后，水的cod（化学需氧量）降到10以下，这个水我们车间全程回收利用。"这四杯水本质上的变化，正是环保技改项目的实际效果。COD（化学需氧量）的值越低，就表示水中的有机物污染越小。

福建省石狮市新祥华染整发展有限公司厂长　邱振辉："初期建立污水处理系统产生的回用水只能用到深色布上去，经过改进以后，现在浅色系的布种都可以用起来。这样核算下来，每吨布的用水量实际下降20吨，这是很可观的一笔成本节约，排污量下降40%~50%。从公司成本节约来讲，产生了很大效益。从社会层面来讲，也产生了积极效益。"

对于一个全国纺织基地来说，如何让城市走上一条真正可持续、绿色健康的发展之路，是当地政府亟须解决的问题。自2017年以来，石狮先后在印染行业累计投入技改资金达46.3亿元，并在福建率先实现集中供热、集中处理印染废水，启动印染行业转型提升行动，倒逼企业逐步放弃低端代工生产模式，进入良性发展阶段。如今，不少企业通过数字化设备和智能化改造完成了绿色转型。

福建省石狮市三益织造染整有限公司常务副总经理　蔡加培："数码印花就相当于打印机，像我们正常染色的话，染色、水洗，可能一缸布1000米印花，我们要用10吨到12吨水。现在这种数码印花，不说电气，1000米布印花下来，水也可以省10吨。"

党的二十大报告指出："发展绿色低碳产业，健全资源环境要素市场化配置体系，加快节能降碳先进技术研发和推广应用，倡导绿色消费，推动形成绿色低碳的生产方式和生活方式。"

中国人民大学习近平新时代中国特色社会主义思想研究院副院长　王向明："这些过去都是对环境影响比较大的产业，必须实现绿色转型。可以依靠先进的科学技术，依靠创新，依靠加强环保。发展绿色产业，实现绿色转型，严格执行绿色标准，就是把绿色的标准作为我们未来评价经济社会发展的不可或缺的一项指标。"

在福建石狮，一家以废旧塑料为原料的科技纺织企业正拔地而起，正式投产后，这里每年可回收废旧塑料2万吨，用来生产1亿米再生无水着色涤纶纺织品。

在河北省迁安市，一条我国自主研发建设的高等级无取向电工钢生产线正式投产。这条全新的生产线更环保，生产的新材料产品大幅提升了新能源汽车电机功率密度和电机效率。

首钢智新迁安电磁材料有限公司副总经理　胡志远："如果按照每天每辆汽车跑50公里计算，2000万辆汽车每天就能省500万度电。"

建设生态文明、推动绿色低碳循环发展，不仅可以满足人民日益增长的优美生态环境需要，而且可以推动实现更高质量、更有效率、更加公平、更可持续、更为安全的发展，走出一条生产发展、生活富裕、生态良好的文明发展道路。

中国社会科学院习近平生态文明思想研究中心秘书长　黄承梁："党的二十大报告提出，继续做好碳达峰碳中和工作。习近平总书记指出，碳达峰碳中和不是别人让我们这样做，而是我们自己要这样干，碳达峰碳中和同样是一场涉及生产方式、生活方式全面的变革性力量。把我们国家建设成为富强民主文明和谐美丽的社会主义现代化强国，要坚持更高质量的发展。高质量发展和绿色发展一定要同时发力，从而使高质量发展的进程中，始终也体现绿色发展。"

建设美丽中国是全面建设社会主义现代化国家的应有之义，是人民群众对优美生态环境的热切期盼，也是生态文明建设成效的集中体现，必须锚定目标、攻坚克难、久久为功。人不负青山，青山定不负人。新征程上，坚定不移走生产发展、生活富裕、生态良好的文明发展道路，我们就能不断开创生态文明建设新局面，建设人与自然和谐共生的现代化，为实现中华民族永续发展注入源源不竭的动力。

《焦点访谈》 2022 年 11 月 27 日《新征程上——绿色：高质量发展的底色》
https://tv.cctv.com/2022/11/28/VIDEK9rSBDmavSXKwG6Etqwt221128.shtml

《新征程上》主创人员名单

总制片人：孙　杰　王惠莉

制 片 人：刘雪松　黄　洁　李作诗

主 持 人：侯　丰　劳春燕

编　　辑：（按姓氏笔画为序排列）

马　力　马颐盟　王　宁　王　萌　冯　成

毕蔚然　刘文杰　孙　锐　李欣蔓　范鹤龄

赵　园　韩志涛

摄　　像：（按姓氏笔画为序排列）

吕少波　朱邦录　李劲松　何英平　宋东东

张　敏　林　侃　庞清山　郑　皓

策　　划：崔辛雨　余仁山

配　　音：姚宇军

责　　编：（按姓氏笔画为序排列）

马汝涛　刘小萍　时　瑶　温　娜

监　　制：许　强

总 监 制：李　挺